# 小説　スニッファー 嗅覚捜査官

青塚美穂



集英社文庫

# 小説　スニッファー 嗅覚捜査官

# 第一章

夜になってから降り始めた雨が、東京湾岸一帯を黒く濡《ぬ》らしていた。

二〇二〇年の東京オリンピックを四年後に控え、ここ数年で東京湾岸の景色は大きく様変わりしている。大規模開発の象徴ともいえる超高層マンション。まるで高級ホテルと見間違うほどのエントランスに、東京ベイエリアを見渡す絶景。地震大国として、免震機能の安全性を謳《うた》うことも忘れない。そんな大手建設会社の建築計画の看板が至るところに立っている。

そのなかの一軒、高層ビルの建築現場にかけられた青いビニールシートにも、夜の雨が容赦なくたたきつけていた。

その雨音のなかに、かすかに男の息切れと足音が混じっている。鉄筋の足場を登っていく金属音が響いている。夜の闇の中、その男の影は何度も後ろを振り返りながら、ひたすら上へと逃げていく。そして、男の後ろからゆっくり近づいていく別の人影。

逃げていた男がもんどりうって倒れる。また後ろを振り返る。その目が恐怖に見開かれた。ガスマスクを被《かぶ》った男が、一歩一歩間合いを詰めてくるのが見えた。座り込んだ姿勢のまま後ろにさがっていく。だが、すぐ建物の端まで追い詰められてしまう。振り返ると、後ろはもう暗闇だった。建設中のビルにはまだ壁がない。逃げていた男は、そこに置かれていたイスによじ登るように座り、意を決して前を向いた。

「頼む。お願いだ……！　な、なんでもする……！　何が目的だ？　言ってくれ！」

男の懇願もむなしく、眉間に冷たい金属の筒が突きつけられた。追いかけてきたガスマスク男の表情はまったく見えない。

「何が望みだ？　言うとおりにするから！」

ガスマスクの男は、眉間に突きつけた銃らしきものを離さない。交渉の余地はないことを、ようやく男は悟った。

「誰だ、お前は？　こんなことして、何になる？」

「俺は、チェ・ゲバラだ」

ガスマスク越しに聞こえた男の声は、ひどくこもっていた。

「お、お前……！」

続く言葉は、乾いた発砲音がかき消した。

＊　＊　＊

小向達郎《こむかいたつろう》は、洗面台の前でネクタイを締めながら、自分のスーツ姿をまじまじと見つめていた。久しぶりに袖を通したスーツの匂いをクンクンと嗅いでみる。少しカビ臭い。それも当然か。スーツなんて久しく着る機会がなかった。ここ数年ずっとこのスーツはタンスの肥やしになっていた。暴力団担当、いわゆるマル暴だった達郎のもとに、異動の辞令が下ったのは一週間前。新設される特別部署への栄転とあって、鏡に映る達郎の顔はさっきからにやけっぱなしだった。ついに俺の時代が来たかと思うと、こみ上げる笑いを抑えられない。

洗面所から出ると、母の昌子《まさこ》が洗濯かごを手に立っていた。達郎のネクタイを見ると、急いで駆け寄ってきて、慣れた手つきでゆがんだネクタイを結び直す。

「ガキ扱いすんなって」

一応、五十代を目前に控えた男として、母親のおせっかいには抵抗してみせる。だが、それは完全にポーズであって、実際には昌子のなすがままである。ネクタイを直し終え、改めて達郎のスーツ姿をじっと見つめていた昌子が、思わず目をうるませる。大げさな手つきで目頭を押さえた。

「やっと、まともな服着てくれてうれしいよ」

「あのね、俺だって着たくて着てたわけじゃないよ？　仕事だったんだから」

「この変な服、もう捨てていいのよね？」

洗濯かごの中には、純白や紫のスーツが入っている。見るからに「暴力団です」「堅気じゃないですが、なにか？」と言わんばかりの派手なスーツが何着も放り込まれていた。つい一週間前まで、達郎はこのスーツを着て、毎日、暴力団を相手にしていた。以前より力を失ったとはいえ、今でも彼らが厄介な相手であることに変わりはない。一歩間違えれば、死の危険は常にある。怪我《けが》をしたことも一度や二度じゃない。スリルがあるのも悪くはないし、達郎は誇りを持って仕事していた。ただ、このダサい服はいただけない。女どころか、人懐《ひとなつ》っこそうなおばあちゃんすら寄ってこない。常に達郎の半径二メートルに人は寄り付かなかった。達郎自身も、あんなド派手なスーツを着た人間とは可能な限り遠く離れる。アレにくらべれば、いま着ているスーツが少々カビ臭いくらい我慢しよう。

達郎のスーツ姿を見て、ひとしきり感動し終えた昌子が、また新たな話題を振ってきた。

「警視庁だと女の人も多いんでしょう？　出会いもあるよ、きっと」

「仕事だっつーの。合コン行くんじゃないの。わかってる？」

「あんたこそ、わかってるだろうね」

「何が」

「私の心臓はね、もうもたないんだよ？　今年こそ、孫を抱かしておくれ」

もう自分の心臓はもたない、二十年前から昌子はそう言い続けている。一体いくつ心臓を持っているんだ、と達郎は思う。風邪《かぜ》だってたまにしかひかないくせに。達郎はため息をつきながら玄関に向かった。今日のために張り切って磨いた革靴がまぶしい。それを履きながら、昌子の言う通りかもしれない、と不意に達郎は思った。職場が替われば、いい出会いがあるかもしれない。今までは職場が悪すぎた。パチンコ屋や汚い繁華街の路地裏に、暴力団行きつけの高級クラブが主な活動範囲だった。おまけに、どこもかしこも人相が悪く厳《いか》つい男しかいない。逆立ちしたって女性と出会うチャンスなどなかった。そして、あの服。ずっと女性とお付き合いできなかったのは自分のせいじゃない。マル暴だったからだ。あんな服着てたからだ。

今日から配属される部署はＦＢＩで研修してきたエリートが作った部署だと達郎は聞

いている。当然、配属される刑事は自分をはじめ精鋭ばかりだろう。昌子から鞄《かばん》を受け取り、達郎は玄関のドアを開けた。達郎の栄転を祝うかのように、青い空が広がっている。

「しっかり！　ガンバ！」

火打ち石でも鳴らしそうな勢いで昌子は手を叩《たた》いて達郎を送り出す。やめてくれよ、やくざじゃないんだから、と思いつつも達郎の足取りは軽やかだった。


警視庁の別棟、「特別捜査支援室」の看板をかけられた部屋の前で、達郎は立ち止まった。いかにも、精鋭が集まりそうな部署名だ。よく見ると、「特」の文字だけプリントミスをしたのか、手書きで直されている。

このドアの向こうが達郎の新天地だ。達郎は通勤途中のコンビニで消臭スプレーを買っていた。さっきトイレでスーツに吹きかけてきたから、カビ臭さは消えているだろう。準備は整った。いざ、とばかりに勢いよくノックし、ドアを開けた。

「北千住《きたせんじゅ》署暴力団対策室から参りました。小向達郎です！」

達郎の新天地は、思いのほか狭かった。そして、地味だった。六つ並んだデスクには、すでに着任挨拶を終えたらしい精鋭たちがだらしなく座っている。とりあえず、この部署のリーダーであろう男の前に立ち、先ほどと同じ挨拶をもう一度繰り返す。四十代前半と思われる男は、「上辺一郎《うわべいちろう》、この部署のリーダーだ」と名乗った。品のいいスーツを着ており、刑事というよりは官僚のような雰囲気の男だった。わざとらしいため息をつきながら、上辺は言った。

「紹介しておくと、ダンベルを持ってる彼が、黒野昌平《くろのしょうへい》くん」

真っ黒に日焼けした筋肉隆々の男、黒野がダンベルを激しく上下させながら達郎に会釈した。年齢は三十代後半くらいに見える。スーツではなく、ジャージを着て筋トレをしているところをみると、肉体派の刑事らしい。

その隣のデスクでは、にやついた顔でスマホを操作している若い男がいた。

「彼が、細井幸三《ほそいこうぞう》くん。君らのなかでは一番若い」

スマホを持ったまま、細井は達郎に目だけで「どもっす」と言った。細身のスーツを着込み、髪もワックスで整えている細井は、黒野よりはおしゃれにうるさそうな男だった。

細井の向かいには、無愛想で可愛《かわい》げのかけらもなさそうな女性が座っていた。

「それで、彼女が早見友梨《はやみゆり》くんね」

紅一点だというのに、醸《かも》し出す雰囲気はやさぐれたオヤジとたいして変わらない。友梨も達郎に小さくお辞儀したが、目は笑っていなかった。グレーのパンツスーツに身を包み、ややキツめに束ねた髪が、友梨が動く度に小さく跳ねた。二十代ではなさそうだが、正確な年齢はわからなかったし、尋ねることもできなかった。

上辺は大きなため息をつきながら手元の履歴書に視線を落とす。

「で？　あんたは、ピストル射撃元五輪候補？」

「はい！」

達郎の経歴のなかでも一番自慢できるものが射撃だった。本当にあと一歩でオリンピックに行けた。

「柔道もそこそこ……」

「六十キロ級で野村忠宏と対戦したのが自慢です。受け身なら日本一だと言われたこともあります！」

「あ、そう」

明らかに興味のなさそうな返事を寄越す上辺に、達郎は内心ムッとする。

「義理人情に篤《あつ》い昔ながらの刑事ってところかな？」

そんなこと聞かれても、達郎には答えようがない。困惑気味の達郎よりもさらに困り果てた顔で上辺がつぶやく。

「精鋭どころか、ただの……だよ」

上辺の言葉のちょうど肝心な部分だけは聞き取れなかったが、聞き返すべきではないと達郎は瞬時に悟った。どうやら、上辺はここに集ったメンバーの人選に不服らしい。達郎の履歴書をデスクに放って立ち上がった上辺は、室内に揃《そろ》ったメンバーに号令をかけた。のろのろといった感じで、精鋭たちは上辺の前に集まった。

「今日から『特別捜査支援室』が始動します。記念すべき最初の事件は、これだ」

そう言って上辺が差し出したのは一昨日の朝刊だった。一面の下のほうに「コンサルタント会社重役に続き、設備会社の部長も遺体で発見」「頭部に銃弾？」の見出しが小さく躍っている。上辺は、新聞記事を回し読みし終わらないうちに、話し始めた。

「捜査一課が本件の捜査に行き詰まっているとのことだ。さらに今朝、三人目の犠牲者が出た。至急、応援に向かってほしい。遺体発見現場は中央区晴海《はるみ》にある建設途中のビルだ。いま鑑識が行っている。諸君も合流し、捜査にあたってくれ」

達郎は頭に浮かんだ疑問を迷わず口にした。

「捜査一課の案件を、我々も合同で捜査するということですか？」

捜査一課の連中は縄張り意識も強く、捜査に他の課が入ってくると露骨に嫌な顔をする。これまで、暴力団絡みの事件で何度か捜査一課の刑事と現場で一緒になったが、どいつもこいつも、もれなく嫌な顔をする。嫌な顔をするのも仕事のなかに含まれているのだろうか、と達郎はいつも不思議に思っていた。何よりも、現場で感じる不公平感が嫌だった。達郎の握っている情報は根こそぎ持っていくくせに、自分の情報は明かさない。今まで何度となく煮え湯を飲まされた経験から、達郎は捜査一課と合同捜査はしたくなかった。

上辺は顎《あご》を撫《な》でながら、大きく頷《うなず》いた。

「実は、この『特別捜査支援室』には大きな目玉がある。その目玉のための部署と言っても過言ではない」

「目玉ってなんです？」

「アメリカから凄腕《すごうで》のコンサルタントが来る」

「コンサルタント？　アメリカからって……外国人ですか？」

「私もよくは知らない。とにかく、いいという話だ」

「いいって、なにがいいんです？」

「だから私も知らないと言ってるだろう」

この部署の目玉なのになぜ知らないんだ、と達郎は訝《いぶか》しがる。

「とにかく、その人のお守《も》りを頼むよ、人情派刑事。ほら、みんなも。行った行った」

達郎の肩を叩きながら、上辺はすぐに自分のデスクに戻ってしまった。

配属早々、アメリカから来たコンサルタントのお守りとは……。すでに、黒野、細井、友梨は部屋を出ていた。慌てて後を追いかけた達郎は、肝心なことを聞き忘れていたことを思い出し、上辺のデスクに引き返した。

「そのコンサルタントの名前はなんです？」

「スニッファー」

「はい？」

「アメリカではスニッファーと呼ばれていたらしい」

「それ、女の名前ですか？　ジェニファーとかステファニーとか、ティファニーみたいな」

知らん、とばかりに上辺は首をかしげた。

達郎の思い描くコンサルタントといえば、銀縁メガネの神経質そうな男がパソコンを見ながらいちゃもんをつける、そんなイメージしかなかった。女性コンサルタントとは想像もつかない。

その時、廊下から黒野が達郎を呼ぶ声が聞こえてきた。慌てて、達郎は出て行った。

廊下を走りながら、達郎の頭のなかは、すでにアメリカから来る女性コンサルタントのことでいっぱいになっていた。

友梨と細井はもう車に乗って待っていた。運転席に細井、助手席に黒野が乗り込み、達郎も急いで後部座席に滑り込む。隣にいる友梨はスマホばかり見ている。

「よし、急ぐぞ！」

自分でもびっくりするくらい大きい声が出たことに達郎は驚いた。

「どうしたんすか。さっきまでテンション低そうだったのに」

黒野が不思議そうな顔で達郎のほうを振り向いた。早速、達郎はコンサルタントの名前を教えた。

「女性かもしれん。そのコンサルタント」

「マジっすか？」

運転席の細井がルームミラー越しに達郎に視線を投げた。「やったー」とニヤニヤしながら細井はエンジンをかけた。軽薄そうな奴《やつ》だと思ったがやっぱりな、と細井の第一印象は間違いではなかったと達郎は苦笑いした。

「アメリカから来るって言ってましたけど、金髪美女ってこともありえますかね？」

達郎も同じことを考えていた。素直に自分の願望を口にした。

「ジョディ・フォスターみたいな人かもしれん」

「ちょっと古くないっすか？　達郎さん、いくつです？　今だったらエマ・ワトソンとか、エマ・ストーンとかでしょ」

「誰だ、そのエマなんとかってのは？」

「観《み》てないんすか？　ハリポタとかスパイダーマンとか。エマ・ワトソンはハリポタ。エマ・ストーンはスパイダーマン。あ、スパイダーマンは最初のじゃなくてアメイジング・スパイダーマンのほうですから」

「知らねえよ。どっちも観てねぇ」

ひとしきり、達郎と細井の間で金髪美女の名前を挙げていくが、両者のジェネレーションギャップを露《あら》わにするだけの時間だった。だが、達郎のなかにはさっきからずっとジョディ・フォスターがいる。聡明《そうめい》そうな瞳、サラサラなびく金髪。やはり、「いい出会いがある」と言った母の言葉は正しかったかもしれない。上辺に会って一瞬しぼんだやる気も、今また急激に膨らんでいた。


東京湾にほど近い中央区晴海には、建設途中のビルが多く立ち並んでいる。その中の一棟にパトカーが数台止まっていた。そこに、達郎たちの車も止まる。

「しばらく見ないうちに、ずいぶん変わったな」

降りるなり、達郎は様変わりした晴海の風景に驚きの声を上げた。北千住署で暴力団担当になる前は、江東区《こうとう》潮見《しおみ》を管轄する署にいたこともある。東京湾が近いこともあって、この辺り一帯は大きな倉庫街だった。大型船で運ばれる貨物の収容、そしてここから全国へとさまざまな物が運送されていく。人も住んではいるが、どこか無機質で殺風景な街というのが、達郎が抱いていた東京湾岸の風景だった。しかし、いま目の前に広がるのは超高層マンション群に、巨大な商業施設、おしゃれなカフェもずいぶん増えた。

「築地《つきじ》市場が豊洲《とよす》に移転するって聞いたときには、なんであんな辺鄙《へんぴ》なところにって思ったもんだが、ずいぶん雰囲気変わっちまったな」

友梨はスマホから目を離さないまま、達郎に最新情報を教えてくれた。

「今じゃ、豊洲はファミリー層が住みたい街のトップ5には入りますよ。私の友達も、このあいだ豊洲にマンション買ったって」

「でも、豊洲って、たしか土壌汚染がどうとかって話があったよな？」

「築地市場から移転する話になったときに問題になってましたね。ちょっと待ってください」

友梨は目にもとまらぬ速さでスマホをタップすると、豊洲の土壌問題について話し出した。

「戦後から昭和後期にかけて都市ガスの製造供給をしていたことが原因だそうです。石炭から都市ガスを製造する過程においてさまざまな副産物が生まれ、現在までにベンゼン、シアン化合物、ヒ素、鉛、水銀、六価クロム、カドミウムによる土壌および地下水汚染が確認されているそうです」

せっかく友梨が説明してくれているが、後半はもう達郎にとっては呪文でしかなかった。達郎は横文字が苦手だった。友梨の説明をＢＧＭにしながら、達郎はもう一度晴海の風景を眺めた。自分の知っていた風景がもはやこの世に存在しないことに一抹の寂しさを覚えた。無常という言葉が頭をよぎるが、すぐに捜査へと気持ちを切り替えた。達郎は先頭を切って、規制線を越えていく。

殺害現場となった建設途中のビルのなかは薄暗かった。昨夜の雨で、アスファルトも黒く濡れている。鑑識が現場写真を撮り、捜査一課の刑事たちが険しい顔で何やら話し合っている。達郎は捜査一課の刑事たちに軽く会釈するが、向こうから返ってきたのは睨《にら》みだけだった。これだから、あいつらは嫌いなんだと達郎は内心で悪態をついた。少しでもよそ者が来ようものなら牙をむいて威嚇する。うんざりだと達郎はため息をついた。

「おい、細井。ちょっと鑑識に話聞いて来い」

細井に事件の概要を聞きに行かせ、達郎はビルの内部をぐるっと見て回った。ここも、いずれはマンションかオフィスビルにでもなる予定だったのだろうが、殺人なんて起きては、もうただの事故物件でしかない。ビルにはまだ壁はなく、建物のサイドからは東京湾が見渡せた。昨日の雨は朝方には上がったが、天気は悪い。ねずみ色の雲が東京湾上空を覆っている。

鑑識から話を聞き終えた細井が達郎のもとに戻ってきた。

「被害者は、産業廃棄物処理業者の佐々木浩《ささきひろし》、五十三歳。佐々木は事件当日の午後十一時、最寄り駅で電車を降りてます」

「駅からここまで、ずいぶんあるよな？」

「そうっすね。たぶん、なんらかの方法でここに連れてこられて、頭に何かを撃ち込まれて、死んだみたいっす」

細井の説明は説明になっていない。肝心なところがふわふわしている。

「なんらかの方法って？　何かってなんだ？　撃ち込まれたってんだから、銃だろ？」

「それが、眉間に穴はあいてるんすけど、銃弾は見つかってないらしいっす」

「みたいっすって……じゃあ、お前、眉間の穴はどうやってあいたんだよ？」

「さぁ……。俺に聞かれてもわからないっす。でも、銃弾よりも細いものが撃ち込まれてたらしいっす」

「銃弾より細いものって何だよ？　そんなものあるか？」

細井は両手を広げて、軽く首をすくめた。いきなりアメリカ人みたいなジェスチャーを挟んできたことにイラッとして、達郎は細井の頭を叩いた。

「痛《いて》ぇっす」

「うそつけ、優しくなでただけだ」

「あ、あと、二十時から二十二時までは銀座の高級クラブで酒を飲んでいたことは、ホステスが証言しています。いまわかってるのはそれだけっすね」

「わかったよ。まだ何もわかってないってことは、よーくわかった」

いい気分で酒を飲んだ後に眉間に銃弾をお見舞いされたのか。可哀想《かわいそう》に、と達郎は被害者に同情した。

「これで三人目か」

殺された佐々木より以前にも二人、まったく同じ死に方をした男たちがいた。一人目は、飯田哲夫《いいだてつお》というコンサルタント企業の重役。二人目は、鈴木二郎《すずきじろう》という設備会社の部長が、佐々木と同じように眉間に穴があいた状態で発見された。

彼らの共通点といえば、三人とも五十代で、そこそこの企業の役職持ちであること。それだけだった。あそこにいる捜査一課の刑事たちなら、もう少し情報を握っているかもしれない。だが、聞くだけ時間の無駄だということを過去の経験ですでに達郎は学んでいた。

それにしても、こんな野郎だらけのところにジョディ・フォスターが来て大丈夫だろうか、と達郎は不安になった。極端によそ者を嫌う奴らのことだ。いきなり彼女が現れたら喧嘩《けんか》を吹っ掛けるかもしれない。そうなったら自分が彼女を守らなければ、と達郎は密《ひそ》かに誓った。

その時、後ろから怒声が聞こえた。

「おい、なんだお前は！」

「ここは立ち入り禁止だぞ！」

達郎の背後で、刑事たちが声を荒らげた。

来た。ジョディ・フォスターが来た。達郎は小さく深呼吸してから、声のしたほうを振り向く。

そこに、背の高い男がひとり立っている。

刑事たちの睨みにビクともせず、むしろ彼らを見下ろしている。それくらい背の高い男だった。無遠慮にビルのなかを見まわした。

なんだ、人違いかとがっかりした達郎の耳に、信じられない言葉が飛び込んできた。

「コンサルタントとしてきた、華岡信一郎《はなおかしんいちろう》です」

背の高い男は、そう名乗った。達郎は自分の聞き間違いであることを願った。

「現場に直接来るようにとのことでしたが。上辺さんから聞いてません？」

達郎は、自分のなかのジョディ・フォスターがガラガラと音を立てて崩れていくのを感じた。隣を見ると、細井も口を開けたまま呆然《ぼうぜん》としている。どうやら、細井のなかのエマなんとかも、いま崩れていったらしい。

「男かよ……」

頭を掻《か》きながら、達郎は見ないふりをした。

「特別捜査支援室の方はどちらに？」

そう続けた背の高い男は相変わらず、刑事たちの視線に動揺する素振りも見せず、飄々《ひょうひょう》としている。

「おい、そこの！　お前んとこの奴じゃないのか？」

捜査一課の刑事たちの怒声が達郎に向けられる。観念して、達郎は男に向き直った。

しぶしぶ手招きすると、その男は悠然とした足取りで達郎の前までやってきた。やはり、背が高い。モデル並みの高身長だった。達郎の身長は日本男性の平均である一七〇センチ。おそらくこの男は一九〇センチ近いはずだと、達郎は見上げる角度から男の身長を計算した。目に見える角度から、物体までの距離や高さを測るのは、射撃訓練をしてきた達郎の癖だった。男は達郎を見下ろしながら、もう一度名乗った。愛想のかけらもない声だった。

「どうも、華岡です」

「……特別捜査支援室の小向です」

舌打ちしそうになったのをなんとかこらえて、達郎は会釈をした。やはり、母の言ったことは間違いだった。

華岡がいきなり小さな容器を胸ポケットから出した。点鼻薬のようだった。華岡はキャップをはずすと、細くなっている先端のほうを鼻孔に差し込み、容器の真ん中をプッシュした。すると、鼻の中から透明な何かが出てきた。いきなり何を始めたのかと、達郎は華岡の顔をまじまじと見た。華岡はもう片方の鼻孔にも容器の先端を突っ込み、フンと鼻を鳴らした。また何かが鼻の中から出てきた。

「あの、何してるんです？」

「鼻栓をはずしました」

「鼻栓?」

思わず首をかしげた達郎の首筋に、華岡はいきなり顔を近づけてきた。

「ちょ、ちょっと、何なんですか!」

達郎の首筋に鼻をくっつけるようにして、華岡はいきなりクンクン匂いを嗅ぎだした。達郎は慌てて華岡の肩をつかんで突き飛ばした。恋人でもない限り、こんなすぐそばまで顔を寄せることなんてない。ましてや、初対面の男に。だが、華岡は表情も変えずに、また達郎の首筋、背中、腕、と匂いを嗅ぎ回っている。

華岡はニヤリと口角を上げて達郎に囁《ささや》いた。

「奥さん、年上でしょ」

「は?」

「七十代?」

「は?」

「今朝も抱き合ったでしょう。お熱いですね」

華岡は、はじめて笑顔を見せた。癇《かん》に障る笑顔だった。

その時、達郎は今朝、母の昌子が自分のネクタイを直していたことを思い出した。あれなら、抱きつくくらいの接近ではあった。

「それは、おふくろだよ！　俺は独身！」

ニヤついていた華岡が、がっくりと肩を落とす。

「なんだ、ただのマザコンか」

「ば、馬鹿言うな！　違う！」

「お見うけしたところ、俺とそうたいして年齢変わらないでしょ。なのに、こんなに母親の匂いをプンプンさせてんだから、マザコンじゃなくてなんなの？」

同僚たちの前でマザコン呼ばわりされた達郎は、顔を赤くして怒鳴った。

「だから違うって！　ネクタイ結び直されただけだよ！」

「その年齢でネクタイ結べないんですか？」

友梨が笑いをこらえながら口を挟んできた。見れば、細井も黒野もうつむいていて顔は見えないが、その肩は小刻みに震えていた。今日ほど昌子のおせっかいを恨んだ瞬間はない。達郎は華岡にしか聞こえないくらい低い声で聞いた。

「……なんで、わかった？」

「あんたがマザコンだってこと？」

「違う！　俺がおふくろと一緒に住んでいることをだよ」

「七十代女性の加齢臭がプンプンしたもんで」

「匂いでわかったっていうのか？」

華岡は、また達郎の首筋に鼻を近づけて、クンクンと匂いを嗅ぎ始める。

「そのスーツ、長いこと着てなかっただろう。だいぶカビ臭い。消臭スプレーでも消しきれてないな」

思わず、達郎は自分のスーツを嗅ぐ。だが、自分の鼻が悪いのか、特になんの匂いもしない。母のこともスーツのことも言い当てられ、達郎はひそかに驚いていた。

華岡は次に、細井の首筋、背中をクンクン嗅ぎ始める。

「君はおしゃべりだな。多種多様な人間と接点がある。その割に潔癖症。消臭剤の匂いが強い」

「……な、なんすか？　いきなり！」

そのまま華岡は友梨の匂いも嗅ぎだす。

「三十代後半、独身。ここ暫《しばら》く男との接触はない。昨日は酒を飲み過ぎ、明け方に牛丼を食べて、泣いた」

「はぁ⁉」

顔を赤くして怒り出す友梨の反応が、華岡の言葉が真実であることを告げていた。達郎は華岡の腕を引っ張り、ビルの奥へと連れていく。

「華岡さん、あんた一体何者？」

「まだなんの手がかりも摑《つか》めてないんだな？」

達郎の言葉を無視して、華岡は被害者が座っていたイスに目を留めた。華岡はつかつかとイスまで歩いていく。現場の足跡を調べていた鑑識が華岡を睨みつけた。それもまた無視して、華岡はイスの前で腰をかがめた。

「ここが、被害者がいた場所？」

「ちょっと、華岡さん。勝手に現場を荒らされちゃ困るんだが」

またもや達郎の言葉を無視して、イスの匂いを嗅ぎだす。目をつぶり、もう一度、大きく匂いを吸い込んでいる。達郎の隣に立った細井が、首を傾《かし》げる。

「なにしてんすか？　あの人」

「知るか。なんか気味悪いんだけど」

目を閉じたまま、華岡はまだ匂いを嗅いでいる。華岡の鼻孔に周囲の空気が吸い込まれていくのが見えるような気がした。そのまま華岡は沈黙した。

「ちょっと、華岡さん！」

達郎の呼びかけに、華岡はパッと目を見開いた。ゆっくりと達郎のほうへ振り向くと、華岡は言った。

「この事件、嗅がせてもらいました」

　捜査一課と鑑識から半ば追い出されるかたちで、達郎と華岡は現場のビルから出てきた。華岡が手当たり次第にフンフンと匂いを嗅ぎだし、「これ以上現場を荒らすな」という怒号とともに、なぜか達郎まで一緒につまみ出された。

「華岡さん、素人だから今日だけは大目に見ますけど、勝手なことされると困るんですよね」

　華岡はまったく意に介さない様子で、まだ目を閉じて何かブツブツつぶやいている。

「華岡さん？　あんた大丈夫？」

「犯人は、三十代後半から四十代後半の男性。喫煙歴なし。世帯収入は高くない。そして、胃潰瘍がある」

　達郎は思わず笑ってしまった。

「待って待って。根拠はなに？　なんで歳《とし》とか胃潰瘍とかわかるんすか？」

「年齢は加齢臭の元になるノネナールの匂いでわかる。犯人はどちらかと言うと中年期特有のジアセチルのほうが強い。あとメチオナールと劣化した油、乾麺の匂いがする。つまり、カップラーメンだ。匂いの強さからして、毎日食べているかもしれない。それだけ頻繁にカップラーメンを食べてるということは、収入は高くないということだ」

達郎と華岡を追いかけて現場から出てきた細井と友梨、それに黒野が不思議そうに顔を見合わせた。途中から華岡の話を聞いていた三人は、華岡の言葉を信じていいのか戸惑っているようだった。華岡は構わずに続ける。

「いいか、もう一度言う。探すべきは、三十代後半から四十代後半の男。煙草《たばこ》を吸わない、貧乏な男だ」

友梨が疑いの目で華岡を見た。

「なんでそんなことわかるんです？」

「被害者は、殺される前、女性の接客を主とする社交場に行ってた。だろ？」

その場にいた全員が顔を見合わせる。

「被害者が座っていたイスから香水の匂いがした。ブランドはシャネルの『CHANCE』。夜の接客業の女性に人気が高い香水だ。被害者の膝付近と肩に匂いがついてる。酒を飲みながら、被害者の膝に手を置いたり、肩にもたれかかった時に匂いが移ったんだろう」

達郎は細井のメモ帳を引ったくって見ると、たしかに「ガイシャ、20～22　銀座クラブ『オアシス』」と書かれている。

「……誰か、こいつに情報教えたか？」

「教えてませんよ。ここに来てからずっと私たちの匂い嗅いでただけじゃないですか。この人」

華岡はさらに大きく鼻孔に空気を吸い込む。

「1オクテン3オン」

「はい？」

「1オクテン3オンだ。皮膚の脂質が鉄と反応してできる酸化物のことだよ。鋭くとがった鉄、つまり釘《くぎ》だ」

「眉間の穴は、釘を刺した跡っていうのか？　どうやって？　押さえつけて？」

「丑三《うしみ》つの呪いじゃないんだから」

友梨は呆《あき》れたように言った。華岡は自信満々に言い切った。

「釘だ。間違いない」

達郎の脳内では「まさか」と「もしかしたら」がせめぎ合っていた。普段であれば信じない。だが、昌子のこと、被害者の佐々木が高級クラブに立ち寄っていたことを華岡は言い当てた。達郎は今朝の上辺の言葉を思い出す。上辺は、「とにかく、いいという話だ」と言っていた。あの「いい」とは、鼻、すなわち嗅覚が鋭いということか。ただ、嗅覚が鋭いからといって、それが事件の解決にどれほどの威力を発揮するのかは未知数だ。

とにかく、試しにこの現場で嗅げるだけのものは嗅がせてみるか、と達郎は華岡を呼んだ。追い出されるかもしれないが、もう一回現場に行って、嗅がせてみようと達郎は思った。

「華岡さん、ちょっとこっちへ」

その時、達郎の上に一羽の鳩《はと》が飛んできた。その鳩が達郎のスーツの肩にポトッと糞《ふん》を落とした。

「汚ねぇ！」

反射的にその糞を払いのけた達郎の指先が、今まさに達郎に向かって歩いてきた華岡の顔面に向く。華岡の顔が恐怖に歪《ゆが》んでいくのが、達郎の目にスローモーションのように映った。

「ふえぇ！」

なんとも情けない声で華岡が叫んだ。

「すまん、すまん。かかっちゃった？」

鼻を押さえたまま、華岡はその場にうずくまってしまう。そのまま震えている華岡を見て、ずいぶん大げさな奴だな、と顔をしかめる。

「そんなもん、拭いときゃ大丈夫でしょ」

「鳩アレルギーなんだ、俺は。ダメだ、もう今日、俺の鼻は立ち直れない」

「これから現場の匂いをもっと嗅いでもらおうと思ってたんだけど」

「見ればわかるだろ？　俺の鼻は終わった。しばらくは何も嗅げない」

「……なんだよ、使えないな」

「病院へ行きたい。今すぐ！」

達郎はため息をつきながら、うずくまる華岡を引っ張り起こした。

「ちょっと、この人病院連れていくから、お前らは引き続き現場で情報を集めろ」

ここに現れた時とは正反対に、華岡は小さく背を丸めて達郎に腕を引かれつつ、ヨタヨタした足取りで出て行った。

「できれば救急車を呼んでほしい」などとふざけたことを言い出した華岡をタクシーに押し込め、達郎は現場からそう遠くない、自分の知っている総合病院へ走らせた。

今、華岡は耳鼻科の女医、末永由紀《すえながゆき》に鼻の奥を経鼻内視鏡でのぞき込まれている。由紀は三十代半ばの落ち着いた雰囲気の、いわゆる清楚《せいそ》系の美人だった。ナチュラルメイクであれほどの美肌なら、すっぴんも相当綺麗《きれい》だろうと達郎はいつも想像している。由紀のすっぴんを見るチャンスが訪れないだろうかと密かに達郎は願っていた。すっぴんを見られる関係になりたい、それが達郎がここに通う目的の一つだった。

たまたま風邪をひいてここの耳鼻科を受診したのがちょうど半年前。それ以来、由紀の担当日を狙って、達郎は何度か受診していた。由紀がスナックの女主人とかであれば、通うのに理由などいらないが、病院ともなると毎回理由を考えるのが大変だ。あれこれと理由をつけては受診している達郎の気持ちに、果たして由紀は気づいているだろうか。

華岡は両方の鼻孔を交互にのぞかれながらも、視線は由紀の顔から離れなかった。由紀のほうも華岡の視線を気にする風もなく、淡々と華岡の鼻の内部を映し出した画像だけを見つめている。

「はい、楽にしていいですよ」

由紀からティッシュの箱を受け取り、華岡はしきりに鼻をかんだ。由紀は、内視鏡で撮った画像を見ながら、感嘆の声を漏らした。

「華岡さん、驚きました。本来、人間の嗅覚受容体は八百種あります。ただ、そのうちの四百種は使われることなく眠っている。でも、この検査結果を見る限り、華岡さんは、その眠っているはずの四百種も使って匂いを検知していますね」

華岡は大きく鼻をかみながら頷いた。達郎は、いまいち由紀の話が飲み込めなかった。

「由紀先生、俺、全然わからないんですが……」

「この人、マザコンなんですよ」

「いらない情報を挟むな！　てか、違う。俺はマザコンじゃない」

由紀は達郎に笑いかけながら、丁寧に説明し直してくれた。

「人間の脳は、一〇パーセントしか使われていない、という話聞いたことありません？」

その説はどこかで聞いた覚えがある、と達郎は答えた。

「それと同じで、人間の鼻も全部は使われていないんです。人間の鼻には、匂いを感知する器が八百個あるんです。匂いの分子がその器に入ると、それが何の匂いかを判別できるんです。でも、その八百個ある器のうち、半分の四百個の器は使われずに蓋をされているんです」

「そんなに？」

「しかも、一つの器で、複数の匂い分子を感じ取れるんです。人間の鼻って、実は結構すごいんですよ」

「つまり、この男の鼻は、普通の人が四百個のところを八百個フル稼働させて匂いを嗅いでいるってことですか？」

「そういうことです。実に興味深いわ。あなたほどの嗅覚であれば、おそらく匂いで個人を特定することもできるのでは？」

「臭紋ですね。わかりますよ。私レベルであればね」

「しゅうもんって？」

「指紋の匂いバージョンです。匂いからＤＮＡレベルで個人を判別できます」

「へえ、臭紋ね」

達郎と由紀が話している間も、華岡はずっと鼻をかんでいた。由紀は好奇心からか、少し頬を紅潮させながら華岡に向き直る。

「実に興味深いわ。匂いでなんでもわかるんですか」

「まあ大抵のことは」

「ご家族はいらっしゃるの？」

「ひとりもんです。ひとりのほうが気楽ですから。普段はこの鼻栓をつけてますよ」

華岡はシリコン製らしき鼻栓を手のひらにのせている。常人離れするほど耳が良ければ、常にいろんな音が大音量で入ってくることになる。当然、耳栓は必須だろう。嗅覚も良すぎれば、鼻栓が必要になると華岡は言う。

「わかりすぎるっていうのも考えものですよね。そうですか、おひとりで……」

華岡は、鼻に当ててたティッシュを外し、クンクンと由紀の匂いを嗅ぐ。

「先生も、ひとりもんですね？」

「はい？」

由紀の整ったきれいな顔が一瞬でこわばる。それを見た達郎の顔も引きつった。

「おい、失礼だろ」

「先生の香水はクロエのオードパルファム。プールで泳ぐのが好きだ。強い塩素の匂いがします。仕事終わりにジムのプールで泳いで帰るのが日課。家に帰って夕飯の支度をする必要のない、自由気ままな独身女性の行動パターンだ」

由紀の表情が固まっている。これはまずいと達郎は華岡の腕を引っ張って立たせようとした。

「すみません、先生。気にしないでください」

華岡はなおもヒクヒクと鼻を動かしている。これ以上余計なことを言う前に退散しようと達郎は引っ張る腕の力を強めた。

「いや、違うな。ひとりじゃない。今朝、キスしましたね？」

「キ、キス⁉」

由紀が口を開けたまま、華岡を凝視している。達郎も、思わず腕の力を緩めた。

「今朝だけじゃない。昨晩も、一昨日も、一日何度も口づけしてる。それも激しく」

「激しくだと……！」

由紀が男と舌を絡めながら、濃厚なキスを交わしているのを想像した達郎は、なんとも暗澹《あんたん》たる気持ちになった。

「ええ、トイプードルとの激しい接吻《せっぷん》をね」

華岡の言葉で、達郎の脳内の男が一瞬でトイプードルに変換された。一気に微笑《ほほえ》ましい気持ちになる。

「なんだ、可愛いじゃないですか」

「付着した唾液の匂いでわかる。一日何度も犬と口づけをかわす、アラフォーの一人暮らしの女医。それがあなた……あたりでしょ？」

「余計な情報を、どうも」

「ノープロブレムです」

なにがノープロブレムだ、問題ありすぎだろうと達郎は冷や汗をかいた。今こそ柔道で培った力を見せるべき場面だと判断し、華岡の腕に自分の腕を巻きつけて、診察室から引きずり出した。

「先生、すみませんでした。変な奴連れてきちゃって。もう二度と連れてこないので」

「いえ、また来てください！　華岡さん、ぜひ！」

由紀の思いがけず力強い声に、達郎は思わず華岡に嫉妬した。ぜひ来てほしいなんて、達郎は一度も言われたことがない。

病院を出た瞬間、達郎は華岡の腕を乱暴に離した。

「ああいうこと言わないでもらえる？　せっかく仲良くなった先生なのに」

「俺なにか変なこと言いました？」

「ちょっとは人の気持ち考えろよ。もういいや。また連絡するから。お大事に」

華岡をその場に残し、達郎はさっさと歩き出した。

「ここから、どうやって帰ればいい？　日本にきたばかりでよくわからないんだ」

「あそこの道に出て、片手でも挙げとけば？」

「小向さんだっけ？　あんたはどうするの？」

「さっき黒野に電話した。俺は迎えが来る」

「じゃあ、俺も一緒に……」

「早く行け。鳩には気をつけろよ」

華岡を置き去りにして、達郎は大股で歩き出した。

＊　＊　＊

あたり一面、見渡す限りゴミの山だった。

その片隅で、イスに紐《ひも》でがんじがらめに縛られ、口にはガムテープを巻かれている男がいる。その男の前に立つ、ガスマスクの男。不気味な呼吸音だけがゴミ山に響いていた。ガスマスクの男が、口に貼られたガムテープを一気にはがす。イスに縛り付けられた男が悲鳴を上げた。口の周りはテープの跡で赤くなっている。男は、イスの横に置かれた鞄を顎で指し示した。

「そのバッグに金がある。二千万！　それ、持っていっていい！　だから、命だけは勘弁してくれ！」

ガスマスクの男は無言で鞄の中身を確認した。男の言うとおり、大量の札束が入っている。男はさらに命乞いをしたが反応がない。

「誰だ、お前は！　なあ、誰なんだ⁉」

「俺は……坂本《さかもと》龍馬《りようま》だ」

そう言った直後、発砲音が響き渡った。

ガスマスクの男は、大金の入った鞄を手に、歩き去った。

新宿歌舞伎町《しんじゅくかぶきちょう》の夜はいつでも華やかだった。二次会へ向かう大学生グループ、ほろ酔いのサラリーマンたちで溢《あふ》れている。今夜もきらびやかなネオンが彼らを照らしている。そのネオンのなか、青のゴミ収集車がゆっくりと走っていく。その運転席から、はらりと紙が舞った。よく見ると、ただの紙ではない。紙幣だった。運転席からまた何枚もの紙幣が舞い出してきた。空中に舞う紙幣に気づいた通行人たちから、どよめきと歓声が上がる。夜の繁華街を進むゴミ収集車、その周りで紙幣に歓声を上げる人々。まるで夜のパレードのような騒ぎだった。

夜空に舞う何百という福沢諭吉《ふくざわゆきち》が、紙吹雪のように散っていく。

ゴミ収集車が走り去った後、血まみれの古い釘が一本、通りに落ちていたが、気づく者は誰ひとりいなかった。

＊　＊　＊

高層階から見渡す都会の絶景が、華岡は好きだった。

大きな窓から昇り始めたばかりの朝日が、コンクリート打ちっぱなしの殺風景な部屋を照らす。必要最低限の家具しかない部屋で、コーヒーミルを回す音が響いていた。豆を砕く音が、この部屋の静寂をさらに際立たせている。

沸騰した湯をペーパードリップに注ぎ入れると、湯が珈琲《コーヒー》の粉に染み渡っていく。湯気とともに立ちのぼる珈琲の香ばしい香りを存分に鼻に吸い込む。

「ブルーマウンテン、ちょい深煎《ふかい》り」

カップに注いだ珈琲を一口すする。目を閉じてゆっくりと味わいながら、華岡はカップをソーサーに置いた。

「完璧な朝だ。お前以外は」

部屋の奥にあるキングサイズのベッド。そのシーツがこんもりと盛り上がっている。シーツから、白くほっそりとした足首が飛び出していた。

「おい、起きろ」

華岡の声に、シーツの中からまだ幼さの残る顔が現れる。シーツを払いのけて立ち上がろうとしたのを、華岡が慌てて止めた。

「ちょっと待て。お前、下ちゃんと着てるだろうな？」

「当たり前じゃん。キモい！」

「キモいとは何だ。なあ、ちゃんとあいつに電話してから来たんだろうな？」

「パパこそ、電話しなよ。養育費の振り込みがまだだってママ怒ってたけど。なに、女でもできた？　今度はうまくいくといいね」

「美里《みさと》、親をからかうな。いろいろ忙しくて遅れただけだ。今日、振り込む」

美里は冷蔵庫を漁《あさ》りながら、「何もないじゃん」と文句を言っている。華岡が次の小言を言い出す前に、美里は先手を打った。

「で、研究は進んでるの？　人間のフェロモンだかホルモンだかの」

美里は冷蔵庫に唯一あったミネラルウォーターを飲みながら、部屋の片隅を顎で指し示す。そこには、フラスコ、試験管、薬品の数々が整然と置かれている。華岡専用の研究所のようなものだった。ここで、華岡は持ち帰ったさまざまな匂いを細かく分析している。

「人間の感情に匂いがあるかどうか、だっけ？　そんなの本当にあるの？」

「感情も、所詮、脳の中での化学物質の変化によるものだ。そこには常に匂いの放出が伴う」

「へえ。よくわかんないけど、人の気持ちがわからない人間にはぴったりの研究だね」

「そんなことより……」

華岡は美里の匂いを嗅いで、眉をひそめる。

「お前、最近煙草を吸う奴と付き合ってるな？　ずいぶん頻繁に会ってる。年齢は二十歳《はたち》前後か……」

「ちょっと、やめてよ。プライバシーの侵害なんですけど」

「俺はお前の親だぞ。プライバシーもくそもあるか」

「だからキモい！」

華岡に背を向け、美里はテレビをつけた。もうこれ以上話したくないという意思表示だった。

華岡がいつも見ている朝のニュース番組が流れている。清楚系の女子アナが真面目《まじめ》な顔でニュース原稿を読んでいる。

「今日の未明、新宿区内の路上で、何者かによって一万円札がばらまかれた事件ですが、『これは日本を洗浄する金だ』と犯行声明とも取れる通報が警視庁にあったことが明らかになりました」

画面がスタジオから、現場映像に切り替わった。新宿歌舞伎町の交差点が映し出される。画面の左上に、小さく「視聴者撮影」の文字が入っている。スマホで撮られたらしいその映像は、夜でも鮮明な解像度で、大勢の福沢諭吉が宙に舞っている様子をとらえていた。

「何これ。おもしろーい」

日本を洗浄する金とはどういう意味なのか。どこからか盗んだ金をばらまいているのなら、まるでねずみ小僧だなと思った。いや、ねずみ小僧は義賊だった。このお金ばらまきの犯人が義賊なのか、ただのイカれた変人なのか、華岡にはわからなかったし、たいして興味もなかった。続けて、スタジオに画面が切り替わり、「今日のゲストは衆議院議員の大山良蔵《おおやまよしぞう》さんです」と、女性アナンウンサーが、厳つい顔の国会議員を紹介した。

「誰だ、これ」

「パパ知らないの？　最近、よくテレビに出るようになった、次期総理候補のおじさんじゃん」

美里は興味なさそうな声で教えてくれた。朝から、こんな厳つい男の顔など見たくない、と華岡はテレビを消した。さて、今日はどうしようかと思いながら、二杯目の珈琲に手を伸ばした時、華岡のスマホが鳴った。

達郎は早朝からゴミ山にいた。郊外のゴミ処理場には、すでに規制線が張られ、前の道は封鎖されていた。近くには数台のパトカーが止まっている。

今朝は天気がよくて清々《すがすが》しい。なのに、ゴミと死体のおかげで達郎の朝は台無しになった。夜が明け切らない時間に電話で起こされ、いまこうして朝イチで眉間に穴のあいた男の死体と向き合っている。

「鑑識の調べによると、釘が使われているのは間違いないようです。釘を被害者の眉間に打ち込み、ご丁寧に引き抜いています」

黒野が鑑識から得た情報を達郎に話し始めた。釘はある程度の速度をもって、一気に突き刺さったものだというのが現時点での鑑識の見解だった。さらに、被害者の体内からは睡眠薬等の意識を奪う薬物は検出されなかったことを友梨が補足する。そうなると、意識があり、動ける被害者の眉間に釘を一突きで打ち込むのは金づちでは難しい。今までの被害者は全員きれいに眉間に命中していた。

「人が金づちで打った場合は、体内にまっすぐ刺さらないそうです。人間の顔は平面じゃありませんから、曲がってたり斜めに刺さるはず。でも、被害者の傷口は四人とも入射角からまっすぐ突き刺さった跡しかありません。なにかしらの道具で釘を勢いよく噴射したんじゃないですかね？」

なぜわざわざ釘を凶器に使ったのか、達郎にはそれが引っかかっている。ロープで絞殺するなり、鈍器で殴るなり、包丁で刺すなり、もっと簡単な殺害方法はいくらでもあるのに、あえて釘で殺している理由は何なのか。

ちょうどその時、規制線をまたいで華岡が入ってきた。

「こっちこっち！」

華岡は鼻をつまみながら、達郎のほうへやってきた。

「凡人の鼻の俺ですらキツいから、あんたには拷問だろうな、ここは」

「電話で現場を聞いたときには、断ろうかと思った。朝からゴミを踏みしめるなんて最悪だ」

細井が捜査一課の刑事に怒鳴られながら得た被害者の情報を手に戻ってきた。

「あ、お疲れっす。今度の被害者は不動産ディベロッパーの男です」

華岡は遺体袋に近づくと、勝手にチャックを開けた。意を決したように鼻栓を取る。

「だんだん、手口が乱暴になってきてるな」

達郎が呟《つぶや》いた。華岡は雑多な匂いが入り混じったゴミ山の匂いに苦悶《くもん》の表情を浮かべながら、遺体の匂いを嗅ぎはじめた。

「ここには二人いた。二人とも男だ。なにか銃のようなライフルのようなもので、眉間を撃っている」

　華岡は目を閉じて、さらに匂いを吸い込んだ。

「紙幣の匂いがする。それも大量の。それを持ち去っている。何十万じゃない、何百万か何千万という大金だ」

　達郎は、昨夜新宿で大量の紙幣がばらまかれた事件を思い出した。

「昨日、ばらまかれた金か！」

「それと、いろんな金属の錆《さ》びた匂いがする。アセチレンガスのバーナーで切断された鉄クズの匂い。これは、スクラップ工場だな」

「犯人はそこで働いてるのか？　よし、首都圏近郊のスクラップ工場をリストアップして、メールで送ってくれ」

　達郎が指示した一分後、友梨からメールが届いた。

「仕事が早いな。どれどれ」

だが、そこにはＵＲＬだけがあった。クリックすると、スクラップ工場の一覧が表示された。どこかのサイトをそのまま送りつけてきたらしい。それを見て、達郎は絶句した。大小合わせて何十社ものスクラップ工場の住所が並んでいる。達郎は、自分を鼓舞するために、わざと明るく口笛を鳴らした。一つずつあたっていくしかない。

　とりあえず、ここから一番近いスクラップ工場からあたってみるか、と車に向かって歩き出す。だが、華岡はまだ遺体袋の前にいた。

「どうした？」

「一つだけ、わからない匂いがある」

「それがわかるまで、とことん嗅いでもらおうじゃないの。刑事は足、あんたは鼻。それぞれの武器で、犯人逮捕だ！」


そうは言ったものの多すぎる。ゴミ山のなかで達郎はうんざりしていた。ここでもう十一軒目だった。達郎は隣で息を吸い込んでいる華岡を祈るように見つめた。

「ここじゃない」

祈りは届かなった。

「嘘《うそ》でもいいから、ここだって言ってよ」

達郎は弱音を吐きながらリストの十一軒目に赤ペンで×を追加した。立ち上がった達郎はスクラップ工場の従業員に、何とか笑顔で礼を言った。

「ありがとう。やっぱり違うって」

従業員は自分の工場に犯人が来ていなかったことに、半分ホッとしたような半分残念なような顔をした。達郎はゴミ山を滑り降りながら、世間話を始める。

「最近、競馬はどうよ？　勝ったの？」

「いやあ、全然ですよ」

そう言って恥ずかしそうに従業員の男は笑った。彼の作業服の尻ポケットには、競馬新聞が無造作に突っ込まれている。

「あんま奥さん泣かせんなよ」

従業員の肩を叩きながら、笑顔でおしゃべりする達郎を、華岡は不思議そうに見ていた。

車に戻ると、華岡が話しかけてきた。

「さっきの男、知り合いか？」

「いや、今日が初対面。人とすぐに仲良くなるのも刑事の仕事のうちでね」

「ずいぶん馴《な》れ馴《な》れしいんだな、あんた」

「相手の懐に飛び込める人間のほうが、いろんな情報つかめるんだよ。それに、こういう仕事してこんなこと言うのもあれだが、人間が好きなんだよ」

「そんなこと真顔で言う人間が、本当に人間好きであったためしがない」

「あんた、ひねくれてんね」

「本当のことだ」

「俺はね、悪を憎む情熱だけは負けない。あんただってそうだろ？　だからコンサルとかやってるんだろ？」

「俺は匂わないものに興味はない」

「へ？」

「情熱に匂いがあるか？　ないだろ？　匂わないものはつまらない」

「え、なに？　じゃあコンサルやってるのは匂いが好きだからってこと？」

「まだ嗅いだことのない未知の匂い。俺が求めるのはそれだけだ」

「なんだよそれ」

達郎がそうつぶやいた横で、華岡は真顔で鼻をヒクヒクさせる。

「あんた、昨日、錦糸町《きんしちょう》のパブに行ったな？」

「え？　まぁちょっと帰りに一杯引っかけたよ。ママさんが美人でね、いろいろよくしてくれるんだ。あれは、ほれてんじゃないかな、俺に」

「混ぜものの酒の匂いがする。ほれてはいない。ぼられてるよ。悪を憎むなら、その店も憎んだほうがいい」

「よ、余計なお世話だ！」

その時、達郎のスマホが鳴った。友梨からだ。

「もしもし……犯人の身元が割れた？」

電話の向こうで、友梨が淡々とメモを読み上げる声が聞こえる。

「金の入ったバッグが発見され、指紋が検出されました。犯人は沼田《ぬまた》洋三《ようぞう》、三十八歳。空港署からの情報で、フィリピンに高飛びしようとしてます」

達郎は慌てて腕時計を見た。

「何時の便だ？」

「いますでに緊急配備中の警戒員が向かっています」

「わかった。俺たちもすぐ向かう」

スマホを切って、エンジンをかけようとした時、華岡がハンドルを押さえた。

「ダメだ。引き続き工場を探そう」

「なんで？」

「犯人の残した例の匂い。あれが何の匂いなのか、一刻も早く突き止めたい」

「そんなの、犯人が逮捕されて、自供すればわかるって！」

「それじゃ意味がない。理解できない匂いは、一秒でも早く解消したい」

達郎はハンドルを押さえつける華岡の手を引き剝《は》がそうとするが、華岡も意地になって、横からハンドルに覆いかぶさるように固定する。

「邪魔だって！　離せ！」

「嗅がせてくれ。あの匂いの正体を知りたい」

ひとしきり、ハンドルを巡る攻防が続いた。先に音を上げたのは達郎だった。

「わかったよ、わかりましたよ。やっぱめんどくさい人だなぁ、あんた」

「探求心旺盛だと言ってくれ」

「くそっ！」

達郎は乱暴にアクセルを踏んだ。


華岡と達郎は、十二軒目のスクラップ工場にたどり着いた。小競り合いした後、達郎は運転しながらずっとぶつぶつ文句を言い続けていた。

「ほら、着いたぞ。どうぞ、好きなだけ嗅いでくださいませ」

棘《とげ》のある言い方だと自分でも思ったが、華岡に嫌味の一つや二つ言っても許されるはずだと達郎は思った。華岡は気にする様子もない。車から降りた達郎と華岡は敷地のなかを見回した。規模としては中くらいのスクラップ工場だった。

達郎は、華岡を置いてひとり工場脇の小屋へ歩いていく。小屋からは三十代と思われる作業服姿の男が出てきた。ここの責任者に話を聞きたいと申し出た達郎に、男はいま他の従業員は出払っていて自分しかいないと断ったうえで、わかることは協力すると答えてくれた。男の作業服は汚れていた。被っている作業帽はさらに汚れていた。

「社長さんは外出中ですか？」

「実は、入院中なんです」

「入院？　どうしたの社長？　心配だね」

「間質性肺炎ってやつですよ。アスベストが原因だと思います」

「アスベスト……。一時、問題になってたなぁ」

達郎はすぐ横に広がるゴミ山を見て、ため息をついた。ここでずっと働いていれば、体調が悪くなることもあるだろう、と達郎は思った。

「こういう仕事してると大変だよな」

男は小さく咳《せき》をすると、かすかに笑った。

「入院してる病院、教えますね。ちょっと待っててください」

「あ、ごめんね、お手数かけて。ありがとね。あんたも、具合悪かったらすぐ病院行きなよ。顔色、少し悪そうだしさ」

「はい、ありがとうございます」

達郎は、小屋の脇に置かれたたくさんのガラクタを指さした。

「あそこにあるのは、ゴミじゃないの？」

「ガラクタですけど、まだ使えます。捨てるのがもったいないものは、取っておいたりするんです」

「いるいる。まだ使えるのに平気で新しいのに買い換える奴とかね。うちはおふくろが昔気質《かたぎ》なもんで、使い込んだタオルは雑巾にしてますよ」

「すばらしい心がけです。今のままのペースでいけば、東京はゴミの街になっちゃいます。じゃあ、ちょっとお待ちを」

そう言って、男が小屋のなかへ入っていく。達郎は華岡の姿を探した。そろそろ現場の匂いを嗅ぎ終えて、「はやく次に行こう」と急《せ》かしにくるはずだ。

するとすぐ後ろに華岡がいた。全然気配がなかったので、達郎は驚いた。

「びっくりさせないでよ！　わかったから。もう話も聞き終わったし、次行くから！」

「犯人だ」

「はいはい。犯人ね」

「捕まえたほうがいい気がするな」

「はいはい。ん？　犯人？　誰が？」

いつもどおり華岡の言うことを聞き流す癖がつい出てしまったが、華岡は今なんと言ったろうか。

「じゃ、逮捕頑張って。俺は争い事は苦手だから。車で待ってる」

そう言い残すと、華岡は早足で車へと戻っていく。

「おい！　ちょっと待て！　犯人って、誰がだよ？」

「ここにいる人間は何人だ？」

「俺と、あんたと」

あと、もうひとりは……。

「捕まえたら知らせて。メールでいいから」

薄情者め、と達郎は胸のなかで悪態をついた。達郎は半信半疑で、男がいるはずの小屋に向かった。

小屋のなかに男はいなかった。どうやら小屋の裏手にあるドアから出て行ったらしい。小屋の裏手には、ゴミの集積場が広がっている。達郎は緊張で乾いた唇を舌で軽く湿らせた。

小屋の裏手に回った瞬間、達郎の目の前をショベルカーのアームがかすめる。

「あっぶね！」

操縦席にはさっきの作業服の男がいる。先ほどまでは少し気が弱そうで、顔色の悪い男だったのに、いま達郎と相対している男の目は、冷たく鋭かった。

達郎は急いで、拳銃を抜いて構えた。操縦席の男に照準を合わせようとするが、腕が震えてしまう。男はそんな達郎を嘲笑《あざわら》うかのようにショベルカーのハンドルを豪快に操作した。よく見るとアームの先には、ショベルの代わりに大きな丸いマグネットが付けられている。

「マグネットユンボか！」

気づいた瞬間、達郎の手から銃が離れた。マグネットユンボの強力な磁力に、達郎の銃が吸い寄せられてしまった。男がすかさず、運転席の横に置いていた改造銃を構えるのが見えた。達郎は、あれが被害者たちの眉間に釘を貫通させた凶器だと瞬時に気づいた。そして同時に、自分がその最新の被害者になろうとしていることにも気づいた。男が引き金を引いた次の瞬間、達郎の肩を釘がかすめていった。眉間に当たっていたら死んでいた。達郎は冷や汗だらだらになりながら、車に向かって猛ダッシュした。

達郎は華岡が待つ車の運転席に飛び込んだ。慌てて、エンジンをかけようとするが、焦ってなかなかキーを差せない。

「犯人、捕まえたんだよね？」

「逃げてきたんだよ、犯人から！」

後ろを振り返ると、マグネットユンボがすぐ後ろに迫っていた。

「なんで、俺んとこ来るの⁉　巻き添えになるだろ⁉」

「自分だけ安全地帯に逃げるなんて卑怯《ひきょう》だろうが！　くそ！　エンジンがかからない！」

やいやい言い合っているうちに、ガチャンという金属音が彼らのすぐ真上で響いた。

恐る恐る外を見ると、車ごと宙に浮いている。マグネットの磁力で達郎と華岡を乗せたまま、車が宙づりになっている。助手席の窓から身を乗り出した華岡の手から、スマホが飛んでいく。そのままマグネットに引きつけられてしまった。

「あぁぁ！」

華岡が情けない声を上げているうちに、地上はみるみる遠くなっていく。男はマグネットユンボの運転席から降りると、一目散に走り去ってしまった。

「おい！　待て！　せめて降ろしていけ！」

ゆらゆらと風に煽《あお》られている車のなかで、華岡と達郎は途方に暮れた。

「どうすんの、これ？」

「助けを呼ぶしかないだろ」

そう言ってポケットに手を突っ込んだ達郎は青ざめた。スマホがない。さっき、マグネットユンボと格闘している時に落としてしまったらしい。華岡のスマホはマグネットに持って行かれてしまった。

互いに顔を見合わせたまま、数分間が過ぎた。沈黙を破り、打開策を提案したのは華岡だった。

「よし、あんた飛び降りろ。で、助け呼んできて。俺はここで待ってる」

「馬鹿言うな！　この高さじゃ足折れるよ！」

改めて下を向くが、飛び降りるには相当勇気がいる高さだった。

「そのために足は二本ある。一本ぐらい大丈夫だ」

華岡からそんな謎の励ましを受けても、飛び降りる勇気は湧かなかった。

「だったら、あんたが行け！」

宙づりの車内で、達郎と華岡は小一時間ほど言い争っていたが、やがて疲れ果て、ついには互いに一言も発しなくなった。達郎がエコノミー症候群の心配をし始めた頃、遠くからパトカーのサイレンが聞こえてきた。

パトカーから降りてくる友梨と細井が見え、達郎は窓から大きく腕を出して力いっぱい振った。その振動で宙づりの車が左右に揺れ、華岡は悲鳴を上げた。

「揺らすな！　もう吐きそう！」

「死んでも我慢しろ！　絶対に吐くな、飲み込め！」

　達郎が下を見ると、友梨と細井が呆れた顔でこちらを見上げていた。解放される嬉《うれ》しさと安堵《あんど》で、達郎は涙目になりそうなのをこらえて笑顔で叫んだ。

「よくここがわかったな！」

「達郎さんのスマホのＧＰＳ調べさせてもらいました。だって、途中から全然連絡くれないんですから。どこかでサボってんのかと思って」

　約一時間ぶりに、地上に降り立った達郎はフラフラだった。宙づりの間ずっと風に煽られてゆらゆら揺れていたので、地に足をつけても体が揺れている感覚が消えない。友梨の冷たい視線を浴びながら、達郎と華岡はスクラップ工場の隅にある、低いブロック塀に腰を下ろした。

「さっき空港で捕まえるって言ってた犯人、沼田はどうなった？」

「それが、沼田じゃなかったんです。空港で捕まえた後、取り調べたら、自分は沼田じゃない、戸籍を買ったんだって。本当の沼田は、ここで働いていた別人だそうです」

「ここで働いてる？」

　突然、自分たちを襲ってきた男、もしかして、あの男が本物の沼田だったのか、と達郎は思った。

やがて、何台ものパトカーがやってきて、スクラップ工場は警察関係者であふれた。

細井が達郎と華岡に新しい情報を持ってきた。

「新宿でばらまかれた金は、産業廃棄物処理の代金を水増し請求させ、浮いた金をキックバックさせたものだったんです」

友梨がその後を引き取って続ける。

「水増し請求させてた工場のひとつがここ。それ以外にも組織的に莫大《ばくだい》な裏金を作り、政治家への賄賂に使っていた。で、それに関わってたのが、殺された被害者たちってわけ」

殺された四人の被害者、コンサルタント企業重役の飯田、設備会社部長の鈴木、産業廃棄物処理業者の佐々木、今朝遺体が発見された不動産ディベロッパーの男、全員がこの裏金作りに絡んでいたのだ。

「被害者たちは、この工場を喰《く》いものにした上に、ただ同然で沼田の戸籍を奪い取った。ところがそれから殺人が始まり、怯《おび》えて逃げようとした。空港で捕えた男は、沼田の戸籍をもとに偽装パスポートを作り、海外に逃げようとしてたそうです」

達郎はため息をついた。

「自業自得じゃないか。それで、本当の沼田はわかったのか？」

「この写真の男が沼田だそうです。さっき取り調べで自供しました」

細井が差し出したのは、履歴書だった。このスクラップ工場に入社する際に提出したものらしい。その証明写真の男は、さっきの作業服の男だった。

「本物の沼田にたどり着いてたのは、俺たちだったのか」

「でも、逃がしちゃいましたね、小向さん」

友梨が呆れ顔で言った。

「だって、向こうは重機で襲ってきたんだぞ！　勝てるわけないだろ」

達郎は反論したが、情けないという目で友梨は達郎を見ていた。

「とにかく、戸籍をなくした本物の沼田が、自分たちを利用して悪事を働くエリートたちに逆襲したってことだよな。そうだ、ここの社長は？　入院してるって聞いたけど」

「まだ見つかってないっす。近所の話だと、相当貧乏で、入院するお金もなかったんじゃないかって」

達郎の脳裏に、汚い作業服を着て小さく咳き込む男、沼田の姿が蘇《よみがえ》った。ここで一日中ゴミの山と格闘し、体を壊し、挙句、自分の戸籍まで売るほど金に困っていたのだろうか。

「それにしても、なんで撃たなかったんです？　射撃の元五輪候補なんですよね、達郎さん？」

「こんなところで滅多やたらに撃てるかよ。それに、あの男が沼田だって知らなかったし！」

華岡は何か言いたそうに達郎の横顔をチラッと見たが、達郎は無視した。すると、華岡が突然鼻栓を外し、瓦礫《がれき》の山へと歩き出した。何事かと、達郎は華岡についていく。瓦礫の山の向こうに、もう一つ沼田が最初にいたのとは別の、もっと古く汚い小屋があった。

達郎がドアを開けると、ホコリが舞った。

小屋のなかにあったのは、いわゆるガラクタと呼ばれるものばかり。ゴミ山から回収してきたらしい。歪んだ小さな窓から、午後の日が細く差し込んでいた。小屋の奥に、ガラクタを使って作られた武器が並んでいた。ビール缶をいくつも使ってできた大砲の筒らしきものもある。達郎を先頭に、華岡、細井、友梨が小屋に入った。

「これ、ベトナム戦争で実際に使われた臼砲《きゆうほう》に似てますね。殺傷能力はかなり高いはずです」

友梨がスマホを片手に武器の説明をはじめる。ここが、沼田のアジトだったことは間違いない。

「見てください、これ！」

なにか重要なものを発見したらしい、興奮した声で細井が叫んだ。

壁の一隅に貼られていたのは、殺された被害者四人の顔写真だった。飯田に鈴木に佐々木、不動産ディベロッパーの男、それぞれの写真に赤マジックで大きく×がついている。その隣に、一枚だけ無傷の写真がある。

「この不機嫌そうな顔、見覚えがあるぞ」

華岡のつぶやきに、達郎は呆れながら答えてやった。

「あんたニュース見てないの？　政治家の大山良蔵だろ？　ニュースやワイドショーで毎日報道されてるじゃん。なんかの容疑だろ？　なんだっけ、不倫だっけ？」

「達郎さんもちゃんとニュース見てないですね。裏金ですよ」

友梨がスマホを見ながら言った。達郎は内心、友梨もいまスマホの検索で知ったばかりに違いないと思った。友梨は何でもスマホで調べては、それをさも自分の知識のように話す。

「大山良蔵、最後のターゲットは国会議員か。また厄介だな」

達郎は頭をかいた。達郎のすぐ横にいた華岡が、菓子の空き箱らしき汚れた箱を開けた。なかには汚れた手ぬぐいが入っている。胸ポケットからピンセットを出し、手ぬぐいをつまみ上げ、華岡は目を閉じ、匂いを嗅いだ。

その時、スマホを見ていた友梨が声を上げる。

「これ、見てください！」

友梨のスマホには、ちょうどいま放送されているワイドショーの映像が流れていた。高級ホテルから出てきた大山の周囲を、ＳＰが取り囲んでいる。ハイヤーまでの短い距離を報道陣にもみくちゃにされながら移動している様子が映っていた。報道陣のひとりが、ややヒステリックな声で大山に質問をぶつけた。

「犯人に狙われている今の心境はいかがですか？　狙われる心当たりは？」

「なんで私が狙われるのか、さっぱりわかりません。私は国民のために命がけで国政に勤《いそ》しんで参りました。このような卑劣な手段で人の命を奪うとは、きっと心を病んだ、かわいそうな人の犯行でしょう。でも、そういう人を救うことが政治の役割であり、私の使命であります」

大山はカメラ目線で話し続けた。

「これを見ている犯人に言いたい。私に話があるなら、正々堂々といらっしゃい。私は逃げも隠れもしません。私はあなたの敵ではない。あなたを救いたいんです」

大山の言葉は聖人君子のようだが、まるで犯人を挑発しているようにも思える。沼田もどこかでこの映像を見ているのだろうか、と達郎は思った。

沼田のアジトから出てきた達郎と華岡は車に乗り込んだ。これから警視庁へ戻る予定だったが、運転席に座っても達郎はエンジンをかけなかった。そんな達郎を、助手席から不思議そうに華岡が見た。

「沼田ってさ、東工大まで出てるのに、入った会社すぐ辞めちゃって、そこからは職を転々としてる。流れ流れて、最後にここのスクラップ工場に行き着いたらしい。さっき沼田の履歴書見せてもらったんだよ」

そう言って、達郎は沼田の履歴書を華岡に渡した。

「あんた、匂いだけ嗅いで、沼田の顔ちゃんと見てないだろ」

華岡は沼田の写真を見たままつぶやいた。

「ただの挫折したエリートだろ」

「それはそうだけど、あのスクラップ工場が、沼田の唯一の居場所だったんだよ。なのに、大山たちに散々食いものにされた挙句、あっさり工場はつぶされた。そりゃあ殺意も湧くわな」

達郎は沼田に同情し始めていた。華岡が沼田の履歴書を達郎に戻した。

「それが犯行の動機なのか？」

「それ以外に何があるの？　問題は、社長の風間武雄《かざまたけお》が行方不明ってことだ。もしかしたら、すでに死んでるかもな」

高架下に、不審なゴミ収集車がある、という通報が入ったのは、それから一時間後のことだった。達郎と華岡が駆けつけると、ゴミを投げ入れる扉が全開になったまま放置されていた。周囲にはすでに多くの鑑識や刑事がいたが、華岡は彼らの「邪魔するな」という視線をことごとく無視して、収集車のなかの匂いを嗅いだ。

「これで爆弾を運び出してる」

華岡は運転席のアクセルの周辺を嗅いで回った。そこには一万円札と、沼田が踏んだ足跡があった。一万円札に、微《かす》かに土がついている。華岡は素早く手袋をはめ、ピンセットで一万円札をつまんだ。

「車輪の油、ブレーキ臭がする。電車のものだ」

「電車ぐらい誰でも乗るでしょ」

「ただ乗ったにしては匂いが濃い。それにもう一種類、何かの匂いがする」

「何かって?」

「わからん。ラボで調べる」

華岡は一万円札を透明なパックにしまった。

「ラボ?　どこの?」

「うちだ。匂いの成分を細かく分析するラボを作った」

「そんなの家にあるの?　さすがコンサルタントは違うね!」

ラボがある家なんて達郎には想像がつかなかった。

「あ、そのお札、調べ終わったらちゃんと返してね。ネコババすんなよ」

「するわけない。俺は金には困ってないからな」

そう言って、スタスタと華岡は行ってしまう。達郎は憎たらしげに、華岡の背中を睨んだ。突然、華岡が振り返った。

「あんたもラボに来るか?」

「行っていいの?　家なんでしょ?」

「人に見せても恥ずかしくない家だから大丈夫だ」

「あ、そう」

本当に憎たらしい奴だなと思いつつ、達郎は華岡の後を追った。

確かに、人に見せても恥ずかしくない家だった。高層マンションの最上階にある華岡の部屋に入った達郎は、あまりの生活感のなさに唖然《あぜん》とした。コンクリート打ちっぱなしの壁はまだおしゃれとして許容できるにしても、こんな少ない家具で人間は暮らしていけるのか、という疑問が達郎の頭を占拠していた。

華岡は、試験管やらフラスコやら、まるで理科室のような実験器具と怪しげな薬品に囲まれて、先ほどの一万円札に付着した土の匂いを解析している。

「わかった。カビだ。この匂いは、トンネルなどに生える鉄バクテリアの一種だ」

「トンネル？」

「地下鉄だ。しかもホシは、線路に降りてる。だからブレーキ油が靴に付着してたんだ」

「いや、無理でしょ。地下鉄の線路に降りたら感電するよ」

「俺の鼻は間違えない。長時間、線路に降りてたはずだ」

「そんなことできるわけないだろ！」

その時、華岡の顔がパッと明るくなる。

「わかったぞ。地下の廃駅だ。都内近郊で使っていない駅は？」

「旧国鉄の万世橋《まんせいばし》駅、京王線の旧初台《はつだい》駅、京成本線の寛永寺坂《かんえいじさか》駅、博物館動物園駅、あとまだ数ヶ所あるはずだが……」

「行くぞ。片っ端から探すんだ！」

「待て、沼田の次のターゲットは大山良蔵だ。大山に関係のある場所を先に絞ったほうが早い。さっきちょうど大山の警備スケジュールが送られてきたんだ。大山の行動を追っていけば、沼田にも会える」

達郎はスマホを取り出し、友梨から送られてきた大山の警備スケジュールを見つめた。

「わかったぞ。今日の午後四時から、大山は上野公園で開かれる東京オリンピック関連の式典に参加する。次に沼田が現れるのは、京成本線の博物館動物園駅だ」

上野公園の脇道で車は止まった。管理事務所から預かった鍵で柵を開けて、地下へ続く階段を下りていく。下っていく先はどこまでも暗い。自然と歩調が遅くなっていく達郎とは逆に、華岡はいつもと変わらないスピードで歩いていく。暗闇から飛んできた何かが、達郎の頬をかすめた。おそらく虫だ。思わず、前を歩く華岡の手を握ってしまった。

「……俺には、そういう趣味はない」

「俺にもないよ！　でもさ、閉所恐怖症の気があるのよ、俺……」

情けない声ですがってくる達郎の手を華岡は振りほどこうとする。だが、達郎は離すまいと必死に華岡の手を両手で握ってくる。

「知るか！　離せって！」

「いやだ！　怖い！」

その時、二人以外の人間の足音が聞こえてきた。地下トンネルに、誰かの足音が反響している。その音が次第に大きくなってくる。達郎と華岡は同時にしゃがみこんで息を潜めた。その人間が持っている懐中電灯の灯《あか》りが見える。その灯りが、ほんのりと男の顔を照らした。沼田だった。

「沼田！」

思わず、達郎は叫んだ。沼田は踵《きびす》を返して、一目散に逃げ出す。

「逃がすか！」

しゃがみこんだまま、微動だにしない華岡を置いて、達郎はひとり沼田を追いかけて走り出した。線路を走り、廃駅のホームまで来た達郎は、辺りを見回す。次の瞬間、頭に強い衝撃を受けて、目の前が真っ暗になった。

「おーい」

その声に、達郎はぼんやりと目を開けた。

「おーい、刑事さーん！」

華岡の声だった。声を上げようとしたが、誰かの手が達郎の口を塞いだ。見ると、達郎は自分の体がイスに縛られているのに気づいた。やられた、と達郎は愕然《がくぜん》とした。耳元で、沼田が囁いた。

「あんたのお仲間、このまま見逃してやろうか？」

「俺は、どうなる？」

「あんたは俺と一緒に爆発してもらう」

そう沼田に言われて初めて、達郎は自分がポケットというポケットに爆薬がパンパンに詰められたジャケットを羽織らされていることを知った。

「おーい、どこだ？」

華岡の声がだんだん遠ざかっている。達郎は置いていかれる恐怖に思わず唇を噛《か》んだ。

「どうする？　逃がすか？」

沼田の囁きに、達郎は答えた。

「華岡さーん！　こっちだ！」

沼田が笑うのが見えたが、達郎は気にしないようにした。華岡の声が近づいてくる。

「はやく返事しろよ。どうだ？　捕まえたか？」

「ああ！　捕まえた！」

達郎は声が震えそうになるのを必死で隠した。ホッとしたような顔で、華岡が現れた。

「なんだよ、脅かしやがって……えぇ!?」

すまん、と達郎は心のなかで華岡に土下座した。

「嘘ついたな！　捕まったのはあんたじゃないか！」

「不意打ちくらっちまった」

「正直に言ってくれれば、俺だけでも逃げられたのに！　あんたそれでも警察官か！」

「この薄情者！」

「あんたら、仲間じゃないの？　とりあえず、うるさいから黙ってくれる？」

沼田が冷たく言い放つのと同時に、サバイバルナイフを達郎の首筋に当てた。達郎の顔が引きつった。沼田は反対の手に信管を握っている。

「それは、起爆装置か？」

「こいつにはＴＡＴＰが詰まってる。これ押したら、あんたも、この刑事も吹っ飛ぶよ」

達郎の羽織っている爆弾ジャケットから何本かのコードが繋《つな》がった先には起爆装置が

ある。

「ＴＡＴＰ……過酸化アセトンか。いま勢力を増してる中東のテロ集団が好んで使う爆弾だな」

　華岡は興味深そうに爆弾を見た。それを聞いて、達郎の顔はますます引きつった。ＴＡＴＰ、別名「サタン（悪魔）の母」とも呼ばれる、極めて殺傷能力の高い爆弾だった。その割に、原料を入手するのはさほど困難ではない。だからこそ、テロリストたちが好んで使っている。

「有機溶剤のアセトン、過酸化水素水、塩酸、硫酸……、特にスクラップ工場では廃棄物処理に薬品は不可欠。あんたなら、より簡単に手に入る。工学系の大学を出ているなら、この程度の爆弾を作るのは造作もない」

　ペラペラとしゃべり続ける華岡の言葉を、沼田は無表情で聞いていた。達郎は頼むから犯人を刺激するなと祈るような気持ちだった。どうも、華岡には人間の心の機微がわからないようだ。達郎はマル暴にいるときでさえも、これほどの絶体絶命の場面はなかった。栄転なんてしたばっかりに、着任早々死にかけることになってしまったと達郎は泣きたくなった。華岡は薄情だし、こんなとき全然役に立たない。嗅覚でこのピンチを救えるはずないと達郎は絶望した。

その時、爆弾に設置されたデジタル時計が動き出した。「10：00」から刻々と残り時間が減っていく。沼田はニヤリと笑った。

「この上には、大山がいる」

沼田は声を上げて笑った。

「二〇二〇年の東京オリンピックに向けて、経済界の重鎮や議員が集まる式典が開かれてるんだってよ。俺には一生縁のない世界の奴らがいっぱい集まってる。まあ、俺がほしいのは大山の命だけだが、ほかの奴らは運がなかったな」

沼田は信管を握り締めた。達郎は恐怖でのどがカラカラに乾いていた。かすれる声で、なんとか声を出した。

「俺のことはいい。華岡、逃げろ」

「なに今さら格好つけてる？　あんたが俺を巻き込んだんだろ！」

「そうだった、悪い」

華岡は、じっと達郎を見つめ返した。

「わかった。あんたの死は無駄にはしない。じゃあな」

「薄情者！」

達郎は、今日何度目かわからない言葉をもう一度叫んだ。その時、これ見よがしに、沼田は起爆装置を掲げた。達郎と華岡の顔が引きつった。

「逃げたら、このスイッチを押すぞ」

「爆発すると大山議員だけじゃなくあなたも死ぬけど、それは知ってる？」

華岡が子どもに言い聞かせるように沼田に話しかけた。

「当たり前だ。俺も死ぬさ。日本中のゴミ野郎と一緒に心中してやる」

「なるほど」

なにがなるほどだと思いつつ、これは沼田を説得する最後のチャンスかもしれない、と達郎は思った。達郎は乾いた唾を飲み込んだ。

「なあ、あんな糞《くそ》野郎と引き換えに死ぬなんて、もったいないじゃん？　君、エリートだったんだろ。悪いけど調べさせてもらった。地方から出てきて頑張ったじゃない」

達郎の言葉に、沼田は黙りこんだ。これは、いけるかもしれないと達郎は思った。

「エリートなのに、なんで今こんなことになってんの？」

またしても無神経な質問を寄越した華岡を心底ぶん殴ってやりたいと達郎は思った。だが、いまは動けない。頼むから黙っててくれと目で訴えるが、華岡に伝わった様子はない。

「でも、入った会社で慣れない営業させられて、少し疲れちゃったんだよな？　いったん出世コースからはずれると、戻ってくるのは大変だもんな」

沼田の肩が小さく震えだした。

「どいつもこいつも、俺を哀れみの目で見やがって」

「風間さんも、か？」

華岡の言葉に、沼田が初めて動揺を顔に表した。しかし、それも一瞬のことだった。

「風間さんも、馬鹿なオヤジだったよ。学もなく、ただ明日のメシだけを考えて生きてるような、生きるに値しない人間だった」

達郎には、それが本心からの言葉ではないことがわかった。

「利用されるだけ利用され、最後は自分の工場まで取られて、失意の中であの人は死んだ。いいか？　貧乏人は搾取され、一パーセントの富裕層だけが肥え太っていく。あいつら、大山も佐々木も飯田も鈴木も不動産屋も、俺らから奪いに奪って、でっぷり太ってんだよ」

達郎は風間の写真を思い出した。頬は痩せこけ、顔色の悪い風間の顔を。

沼田は起爆装置を握り締めた手で、まっすぐ地上を指さした。大山がいる地上を。

「俺らは薄暗い地下で、上にいるあいつらを支えて支えて、最後は潰される運命なんだよ！　俺は風間さんとは違う。黙って殺されはしない。報復だ！　革命だ！　世の中を変えてやる。あいつらが、吐き捨てたゴミでな！」

沼田の絶叫が、地下の廃駅に悲しく響いた。

「だから、ゴミで武器を作ったのか」

達郎には、瓦礫から拾い上げたゴミで、大山たちを殺す武器を作る沼田の気持ちが少しだけわかる気がした。ただ殺すだけなら、もっと普通にナイフでもロープでも使うはずだ。沼田にとってはゴミで殺すことに、意味があったのだ。

「風間さんも殺したのか？」

「殺すまでもない。勝手に死んだ」

沼田は、汚れた作業帽を目深にかぶり直した。

その時、華岡が鼻栓をはずした。華岡はゆっくり、そして大きく息を吸い込んだ。

「今、怒ってますね。匂いってね、なんでもわかるんだよね」

「匂い？」

「沼田さん、あんたの感情も、頭の中で思ってることもすべて、手に取るようにわかる」

「どういう意味だ？」

「匂いは嘘をつかない。人間の感情も、脳内の神経伝達物質やホルモンが引き起こす化学反応。それにより代謝が変わり、その代謝物は匂いを発する」

達郎も、華岡がいきなり何を言いだしたのかと思ったが、すぐに加勢する。

「この人ね、匂いでなんでもわかるの。すごい鼻持ってんのよ」

沼田が、不意につなぎのポケットからペンチを出して、華岡に放った。

「その爆弾にはバイパスが五本ある。一つの回線を切っても別の回線が繋がるようになってる。解除できるんならやってもいいぞ。そのご自慢の鼻で」

華岡は爆弾を見た。タイマーは、「07：34」を切ったところだった。

「俺に勝てる？」

重い沈黙が三人のあいだに流れた。達郎には、自分の唾を飲む音だけが異様に大きく聞こえた。華岡がペンチを拾い上げる。

「俺が今、黄色の導線を切ろうとする。君はそれを見ている。俺が正しく切ろうとすれば君は動揺する。その動揺は、匂いに出る。そうじゃなければ平静な時の匂いが出る。どの導線を切ればいいかはわからないが、それを見てる君の心は手に取るようにわかる」

「嘘つけ！　心のなかが匂いでわかるわけない！」

「いいや、匂いは嘘をつかない。ほら今も、動揺した匂いがプンプンしてる」

不敵に笑いながら、華岡はわざとらしく鼻をヒクヒクさせる。達郎は自分の背中を冷たい汗が流れていくのを感じた。

「面白い。やってみろよ。こっちの警視庁のエリートさんにやらせるか？」

即座に華岡が訂正した。

「エリートじゃないよ、その人は」

「うるさいよ！　いまはそんなことどうでもいいだろ！」

ペンチを握り直し、華岡は配線コードにペンチを当てる。

「いくぞ」

言い終わるなり、華岡が配線コードを一本切った。そこにいる三人全員が息をのむのがわかった。タイマーは止まらずにカウントダウンを続けている。

「次は、青か……」

達郎の言葉に、華岡もニッと笑い、青の配線にペンチを引っ掛ける。そのまま、じっと沼田を見つめる。沼田の額にも汗が滲《にじ》んでいる。だが、表情からはなにも読み取れなかった。青を切りかけるも、華岡は瞬時にその横の緑のコードを切る。沼田の目が一瞬大きく見開いた。

「動揺してるね」

沼田が華岡を睨みつけた。タイマーの数字がどんどん減り続けるのに比例して、地下の廃駅の温度は上昇しているように達郎は感じた。さっきから、三人とも汗がひどい。

「匂いって不思議でね、五感のうち、匂いだけが大脳辺縁系っていう、もっとも古い脳に直接到達する。つまり、嗅いだ瞬間に本能に訴えるのさ。だからこそ、嘘がない」

タイマーは、残り三分を切るところだった。ぷちっと華岡がもう一本を切った。残るコードは二本。華岡が沼田を食い入るように見つめる。沼田も、ポーカーフェイスで華岡を見返した。達郎のこめかみから一筋の汗が落ちる。華岡が残り二本のうちの一本にペンチをかけた。

その時、「ぷぅぅ」という気の抜けた音が鳴った。

「あ、すまん」

達郎は恥ずかしそうに言った。華岡がペンチを落とした。瞬時に鼻を押さえた華岡は、苦悶の表情で達郎をにらみつける。達郎はお腹《なか》を押さえて思わずうつむいた。

「緊張すると、つい、おならが出ちゃうんだよね」

鼻をつまんだまま、華岡は叫んだ。

「これで二分のロスだ！　しばらく俺の鼻はあんたのおならでいっぱいだ！　くそ、くさい！　あんた、昨晩なに食べた⁉」

「え、にんにくたっぷりのキムチ鍋……。いや、本当にすまない」

華岡がゆっくり深呼吸した。タイマーはまだ動き続けている。二分経《た》った。華岡は残った導線のそれぞれにペンチの刃を当てていく。ついにタイマーのカウントは、一分を切った。これがここにいる全員の余命になってしまうのか、と達郎は祈るような気持ちで華岡を見た。華岡がそのうちの一本を切ろうとペンチの刃を導線に引っ掛けた。タイマーがどんどんゼロに近づいていく。沼田も達郎も固唾《かたず》をのんで見ている。沼田ののどが大きく上下したのを見た瞬間、華岡は瞬時にすぐ隣の別の導線を切った。

しばらく、時は止まった、ように達郎には感じられた。実際、タイマーは「00：04」で止まっている。華岡はニッと笑った。

「俺の勝ちだ」

その言葉を引き金に、沼田が雄たけびを上げる。ナイフを振りかざし、華岡に向かって突進する。

「させるか！」

達郎が沼田の前に足を出して、引っ掛けた。転んだ沼田の上に、イスごと覆いかぶさって動きを止める。華岡があたふたと逃げようとするのを、達郎が必死に呼び止める。

「助けろって！　ロープ切れよ！」

「無理！　格闘とか専門外！」

イスにすわったまま上で暴れていたら、沼田はいつのまにか失神していた。

夕日に照らされた上野公園に、大量の警察車両と救急車が集まっていた。遠巻きに報道陣の姿もある。警察関係者がいなくなると、代わりにどっと報道陣が達郎を取り囲んだ。

「テロを阻止したそうですが⁉」

報道陣の質問に、いつもより少し格好つけた顔で達郎は答えた。

少し離れたところで、ベンチに座った華岡が珈琲をすすっている。達郎が野次馬の中から出てきて、華岡の隣に座った。

「お疲れさん」

「あんたのおなら、一生忘れない」

「だから、悪かったって！　悪気はなかったの！　生理現象だからさ」

「鼻がもげるかと思った」

「しつこいね、あんたも！」

そのとき、沼田が警察官に連行されていくのが見えた。華岡と達郎の前で、沼田は立ち止まった。

「アンタ、本当にわかったのか？　俺の気持ちが」

「いや、全然」

「なんだ……はったりか」

そのままパトカーに乗り込もうとする沼田の背中に、華岡が声をかけた。

「でも、犯行現場の匂いの中で、一つだけわからない匂いがあった。あんたと違う人間の匂いだ」

沼田が振り返った。沼田が被っている作業帽を指さして、華岡は言った。

「その帽子、風間さんのだろ？」

沼田は無表情のまま華岡を見つめた。

「殺しの本当の理由は、風間さんへの恩返し、そして復讐《ふくしゅう》」

沼田は帽子を脱ぎ、匂いを嗅いだ。

「匂いは直接本能に届く。だからこそ、嘘がない。どうだ？　それを嗅いで、あんたはなに思い出した？」

華岡の問いに、沼田は答えなかった。

「……汗くさい」

それだけ言って、沼田は笑った。

沼田を乗せたパトカーが走り出した。達郎と華岡は見えなくなるまで、パトカーを見送った。

上辺が上機嫌な声を上げながらやってきた。

「でかした！　小向君、鼻男くん！」

達郎と華岡の手を握って、ぶんぶん振りながら握手してきた。

「特別捜査支援室立ち上げの一発目で大殊勲だ。これからも頼むよ、このコンビで」

華岡が達郎を見た。

達郎も華岡を見る。

「なに、二人して黙りこくっちゃって」

「マザコン刑事とのコンビかぁ」

「薄情者とはコンビ組めません」

そのまま達郎と華岡は別々のほうへ歩き出した。

# 第二章

朝日の気配が漂い始めた街を、ひとりの男が見下ろしていた。

ビルの屋上は地上よりもさらに風が強い。男は髪をなびかせながら、ライフル銃を組み立て始めた。手際よくライフルを完成させると、男は黒いグリースを掬《すく》い顔に塗りつける。立ち上がると、さっきよりも明るくなった街を見渡した。男がライフルの照準を覗《のぞ》く。風が一層強く吹いた。

朝日が完全に顔を出した。交差点を渡っていく人々のなかを、初老の男がゆっくりと歩いていく。突然、その男が前を歩く若い女性にもたれかかった。いきなり後ろから抱きつかれた格好になった女性が怪訝《けげん》そうに振り返る。だが、離れることなく、全体重をかけてきた男性の重さに押された女性は前のめりになった。重いと押し返そうとした女性の手が赤く染まる。血だった。女性から甲高い悲鳴が迸《ほとばし》った。

＊　＊　＊

庶民的を絵に描いたような一軒家の一室で達郎は寝ていた。

カーテンの隙間から日が差し込み、ちょうど達郎の目元を細く照らしていた。大きく伸びをしながら、ゆっくり目を開けると悲しげな顔をした年配女性がこちらをのぞき込んでいた。

「うわっ！」

幽霊かと思って跳ね起きると、そこにいたのは母の昌子だった。眠気を吹き飛ばされた達郎は不機嫌な声を出した。

「なんだよ、人の枕元で何してんだよ！　地縛霊かと思ったよ！」

「因果応報って言葉を考えてたんだよ……。その歳まで結婚できないのは何でだろうねえ」

「朝っぱらから暗い顔で何かと思えば……またそれか」

「公務員って、今一番もてるっていうじゃないか」

達郎は寝癖のついた髪を乱暴に掻きながら立ち上がる。昌子からの結婚プレッシャーはいつものことだった。だが、最近いよいよ脅迫じみてきたな、と達郎は思った。

「あんたの代で小向家が絶えたら、お父さんにも申し訳なくて」

と片手で目頭を押さえながら、その反対の手でそそそ、とチラシを達郎の前に差し出した。

「なにこれ」

「金町《かなまち》の光子《みつこ》おばさんが、たっちゃん、こういうのいったらいいんじゃないかって」

達郎は足元に差し出されたチラシを見て、ため息をついた。婚活パーティー参加者募集の案内だった。口うるさく言うだけでなく、ついに具体的な手段まで提案してきたぞ、と達郎は母の脅迫が次のステージに上がったことを知った。母に言われるまでもなく、婚活パーティーは経験済みだった。母に知らせていないのは、報告すべき結果が出なかったから。

「あんたは優しい子なのに、なんで結婚できないのかねぇ」

「もうそれはいいからさ」

トイレに逃げようとした矢先、達郎のスマホが鳴った。直属の上司である上辺からだった。

朝のオフィス街に物々しい雰囲気の集団がいた。

警察車両にパトカー、現場にはすでに規制線が張られている。

「被害者は、勅使河原幸男《てしがわらゆきお》、六十五歳。山際重工《やまぎわじゅうこう》の会長です」

細井と友梨が一足遅く現場入りした達郎に被害者の情報を教えた。

「大物だな」

「マスコミが大騒ぎするわ。めんどくさい」

細井がメモ帳を見ながら追加の情報を話し出した。

「どうやら二発撃たれたようです。一発は外れて地面に、もう一発が頭に当たりました。今、科捜研が調べてますが、たぶんライフルじゃないかって話っす」

「ライフル!?」

ここはオフィス街だ。周囲はビルが立ち並んでおり、見通しもよくない。なにより人がうじゃうじゃ歩いている。この中から標的となる人物を撃つのは至難の業だ。

「ゴルゴ13じゃないですか、犯人は」

友梨が珍しくわかりやすい冗談を言った。いつもぶすっとしていることが多いが、今日は幾分機嫌がいいらしい。

「あのビルから狙撃したんじゃないかって」

細井が指差したビルを見て、達郎は思わず声を漏らした。

「嘘だろ」

細井が指し示したのは、現場から七〇〇メートルはあろうかという先に建つビルだった。


珈琲豆を挽《ひ》くと、無機質なその部屋も少しだけ華やぐような気がした。目の覚めるような香りが零《こぼ》れ、そのまま部屋の住人である華岡の鼻孔へと吸い込まれていく。熱湯をペーパードリップに注ぎ、それをカップへと落とす。立ち上る薫りに、華岡は思わず目をつぶってゆっくりとそれを味わった。いつもどおりの朝が始まるはずだった。

「完璧な朝……のはずが、何でまたいるんだ？」

華岡が部屋奥のベッドを振り返ると、美里が大きな伸びとともに起き上がった。華岡の娘、美里は離れて暮らす父の家に度々来ては勝手に泊まっていく。

「何そのほっぺ。殴られたの？」

華岡の右頬は赤い痣《あざ》が出来ていた。美里は何か感づいたらしい。

「私のせい？　ママにやられたんでしょ」

「そういうことだ」

「おかしいんだよ、あの女……」

「あの女とか言うなよ。お前の母親だぞ」

「あの女あの女あの女」

反抗期真っ盛りの美里の悪態に、思わずため息をつく。この調子では、自分のいないところでは、自分のことを「あいつ」呼ばわりしているだろうな、と華岡は思った。

先日、オリンピック絡みの汚職事件と連続殺人事件が起きた。最後は地下鉄の廃駅で犯人と格闘し、晴れて地上に戻ってきたところを、いきなり元妻が来襲した。事件解決後、大勢の野次馬たちの目の前で思いっきり頰を引っぱたかれた。

その時の苦々しさを思い出すと、右頰がまた痛み出したような気がする。

「何があった？　学校で」

「言いたくなーい」

パジャマのまま、美里は冷蔵庫まで行ってドアを開けた。

「ほんと、いつ来ても何もないよね。この冷蔵庫」

美里は輸入物のミネラルウォーターを一本取り出して飲んだ。

「いくらすんの、この水。高そう」

「そう思うなら大事に飲んでくれ」

「パパ、水道の水飲めないもんね」

「あれにはいろんな物が混ざりすぎてる。とても飲めるような匂いじゃない」

ふーんと興味のなさそうな返事をしながら、ミネラルウォーターを一気飲みする美里を見て、華岡は念を押した。

「……とにかく、勝手に泊まるな。勝手に寝るな」

「こっちからのほうが学校近いんだもん。三十分も遅く出られるんだよ。それよりさ、お金貸して」

何に使うんだ、という質問を美里は無視した。何かとお金がかかるお年頃なんで、などとおどけながら真面目に答えない。

「社交辞令で聞くの、やめて。ほんとは興味ないくせに」

華岡は言葉に詰まった。図星だからだ。「そんな訳あるか、お前は大事な娘なんだから」と咄嗟《とっさ》に言えない自分は、やはり父親としては失格だなと華岡は思った。元妻とも、娘とも自分は向き合えていないことはよくわかっていた。でも、使途不明金を娘にやすやすと渡すわけにはいかない。

「着替えてくる」

華岡は隣の部屋に行きかけた美里の腕をつかんだ。

「何に使う？　煙草か？　まさか不純異性交遊じゃないだろうな」

「だからキモいって！」

次の瞬間、ビンタが左頬に飛んできた。母娘《おやこ》そろって、キレのいい平手打ちだった。むくれながら洗面台に向かった美里と入れ違いに、その母親から華岡のスマホに電話が入った。一瞬出ようかどうかためらったが、無視すると後が怖いと華岡はスマホを手に取った。


華岡は公園のベンチに座っていた。晴れて気持ちのいい陽気だったが、華岡の顔は苦々しげに歪んでいた。ふと華岡の顔に影が差した。顔を上げると、目の前に気の強そうな美人が立っていた。

「座ったら？」

腕組みして華岡を見下ろしていた美人は華岡の元妻、恵美《えみ》だった。

「忙しいとこ呼び出したのは悪いと思ってるわ」

ドカッと華岡の隣に腰を下ろした恵美は、すぐさま長い脚を組んだ。

「また泊まりに来たぞ、あいつ」

「あの子、私が少しでもうるさく言うと、すぐ出て行っちゃうのよ」

「反抗期だ。しょうがないだろ」

「適当なことばっかり言って。大変なのよ、学校で」

「だから何があったんだよ？　ちゃんと話せ。この前もビンタだけして帰っただろ」

「祐理恵《ゆりえ》ちゃんに聞いたの」

「祐理恵？　誰だ？」

　恵美はうんざりした顔で華岡を見た。

「百万回は言ってるわよ。美里の親友。あの子、ひょっとしてクスリやってるんじゃないかって言うのよ」

「クスリ？」

　そんなはずはない。今朝も、美里から危険な薬物の匂いはしなかった。

「クスリは大丈夫だ。なにもやってない」

「ほんと？」

「俺の鼻は間違えない」

「結婚は間違えたけどね」

「それはお互い様だ」

　恵美は小さく笑って立ち上がった。

「とにかくあなたも一応、父親なんだからびしっと言ってよ。責任あるんですからね」

父親の責任、華岡にとって一番苦手な言葉だった。ため息をついた瞬間、華岡のスマホが鳴った。今度は達郎からだった。


狙撃者がいたと思われるオフィスビルの前で、達郎は華岡を待っていた。華岡は遠くからでもすぐにわかるくらい長身だ。人の群れのなかで、一人だけ頭が飛びぬけている。向こうも達郎に気づいた。だが、達郎と目が合っても小走りするでも会釈するでもなく、ただ悠然と歩いてくる。

「ゴルゴ13が現れたぞ」

友梨の冗談をそのまま拝借してみたが、華岡はそうかと言っただけだった。面白みのない奴だと達郎は改めて華岡とはうまくやっていけない気がした。

「ゴルゴがいたのは屋上だ」

達郎と華岡はエレベーターに乗り込んだ。屋上に向かうエレベーターのなかで、華岡がため息をついた。

「疲れてるのか?」

「あんた、一生独身だよな?」

「決めつけるなよ！　そんなことないよ。まだまだ、チャンスはある！」

「これは人生の先輩からの忠告だ。チャンスは摑まないほうがいい。お前さんが摑むのは地獄への片道切符だぞ」

「はぁ？」

「子どもは悩みの種だぞ。完全な独身貴族のあんたがうらやましい。代わりたい」

「なんか、ものすごい不愉快なんだけど」

エレベーターが屋上に着き、達郎は苛立《いらだ》ちながらエレベーターを降りた。

屋上に着くと、すでに鑑識や刑事がいた。そのなかに、「特別捜査支援室」の黒野と細井、友梨がいた。達郎は、華岡を屋上隅の柵ギリギリのところまで引っ張っていった。

「現場はここ」

華岡は、鼻栓を外した。目をつぶり、すうっと匂いを吸い込む。

「わかった。昨日婚活に行ったな。おそらく四十代以上の公務員限定のパーティーだ」

「それ、俺ね。俺のことはいいから、犯人の匂い嗅いでくれる？」

「君はいろんな匂いを背負いすぎてる。邪魔だから、向こうに行ってくれ」

「はいはい、わかったよ」

達郎が離れると、華岡は再び目をつぶり、すうっと匂いを吸い込んだ。

華岡は目をつぶったまま、一歩前へと進んだ。達郎は思わず注意した。

「危ないから、あんまり縁に行くなよ」

それでもなお、華岡は匂いを嗅ぎながら、屋上の縁をうろうろしている。

「どうした？」

「ビルの屋上は風が強い。普通は匂いは飛んで行きやすいが、まだ微かに残ってる。つまり、相当長い時間、犯人はここにいたということだ。少なくとも四、五時間は」

細井が、華岡の言ったことを手帳に書き留める。

「狙撃犯は、四十前後の男性。喫煙歴あり。吸ってるのはポール・モール。外国製の煙草だ。あとパラフィンとポリアクリル酸ナトリウム、それに、蜜蠟《みつろう》とカーボンの匂い」

「パラフィン？　なんで？」

「わからん」

メモを取っていた細井が、つっかえながら尋ねる。

「ポリアクリル酸ナトリウムって、何すか？」

「水を吸収するやつです。紙おむつなんかに使われてる」

いつもどおり、スマホからの情報を素早く友梨は伝えた。達郎は被害者が撃たれた交差点へと目を凝らした。交差点はかろうじてわかるかどうかという程度で、正直、肉眼ではよくわからない。

「ここから被害者のいた交差点まで、七〇〇メートルはある」

「元射撃五輪代表候補の小向さんからみてどうです？　犯人の腕前は」

「天才的な腕前だ」

「だけど二発撃って、一発は大きく外れてる。まぐれあたりじゃないっすか」

「とにかく日本人じゃなさそうね。元軍隊経験者とか傭兵《ようへい》とか。やっぱりゴルゴかな」

友梨があれこれ楽しそうに推理していたが、達郎はひとり交差点をじっと見つめていた。

　向かいのビルの屋上に立てられた旗が、風で大きく揺れていた。


　聖ジェームズ病院は、いつ来ても明るかった。病院特有のどことなく暗い影のようなものは、ここでは一切感じられない。白を基調としたデザインは多くの病院と同じだが、いったい何が違うのだろうか。廊下を歩きながら、華岡はそんなことを考えていた。

　ロビーも吹き抜けで、天窓から日の光が差し込む構造になっている。

　ロビー中央には、備え付けの大型テレビが、昨日の狙撃事件の詳細を伝えている。

「殺された勅使河原さんは経団連の会長も務めた名士であり、殺害方法などから、企業を狙ったテロの可能性があるとして、警視庁は大規模な体制で捜査を進めるとともに、引き続き、厳重な警戒を行っています」

華岡は耳だけでニュースを聞いていた。今日は、耳鼻科の予約を取っている。もちろん医師は、由紀だった。

診察室に入ると、由紀は笑顔で迎えてくれた。一番最初は達郎に連れてこられたが、あれ以来華岡は何度も診察に通っている。

簡単な問診と検査を終え、由紀が電子カルテを打っているあいだ、華岡はおとなしく待っていた。

ふと見ると、由紀の後ろの小机にドーナツの箱がのっている。最近原宿《はらじゅく》だか表参道《おもてさんどう》だかに出来たばかりの人気店のものだった。華岡自身は興味ないが、食べたいから買ってきて、と娘の美里にせがまれたことがあったから、よく覚えている。由紀には、美里のことを少し話している。同じ女同士なら、なにかわかることもあるかもしれないと華岡は思っている。

「妻が娘の噂《うわさ》を心配して……。娘からはクスリの匂いはしなかった」

「でも、何か悩みでもあったんじゃないですか？　お嬢さんは年頃なんでしょ？」

「……どうだろう」

　由紀はカルテを打ちこみながら、華岡に微笑みかけた。

「悩みがあるかどうかは、匂いでわからないんですか？」

「さすがにそこまでは……。感情に匂いがあるのは間違いないが、どの感情がどういう匂いを発するのか、まだ研究途上でね。解明しきれていない」

「……わかろうとしてないだけじゃありません？」

　華岡は思わず由紀の顔を見た。

「いろいろありますからね、家族って。一番の驚きは、華岡さんが結婚したことがあるって事実でしたけど」

「私が結婚してたことが、驚きですか？　どうして？」

　由紀は笑った。この笑顔をするときは、彼女がなにかを曖昧にしようとしているときだった。由紀はカルテの入力を終え、立ち上がった。

「だいぶ良くなってきましたから、薬減らしましょうね」

　華岡は、息を吸い込んでから、由紀の後ろにあるドーナツの小箱を指さした。

「彼が来たんですか？　有名店のチョコナッツドーナツですね」

「あぁ、これ。お世話になったお礼って。小向さん、本当に気を使ってくださって、申し訳ないくらい……」

「彼は申し訳ないくらい、とんちんかんだな。あなたが本当に好きなのはカカオ含有量八〇パー以上のチョコだ」

言うなり、華岡は自分のバッグから可愛い小箱を取り出す。赤坂《あかさか》にある高級チョコの包み紙だった。小さくて丸いチョコが一粒だけで四百円する。華岡は、カカオ含有量八〇パーセントの粒を六つ詰め込んできた。

「あらかわいい。よくわかりましたね」

「食の好みはね、代謝の匂いでわかるんです。ちょっと失礼」

華岡は由紀の顔に自分の顔を近づけ、匂いを嗅いだ。

「ついでにいえば、昼食はニラレバ炒《いた》め、半チャーハンと餃子《ギョーザ》。口臭防止の錠剤を三錠飲んだ。どう、あたりでしょ？」

由紀はサッと口を両手で押さえた。目が怒っている。

「ちゃんとわかろうとしたほうがいいと思いますよ、人の気持ち」

そう言って、診察室の奥へと引っ込もうとした由紀を華岡は呼び止めた。

「今度、ロマン主義絵画の展覧会があるんです。あなたの好きな画家の絵も見られます。ご一緒にどうですか？」

「どうして私の好きな画家がわかるんです？」

「あなたの気持ちをわかりたくて、いろいろ調べました」

華岡の言葉に由紀は少しだけ微笑んだ。


達郎は江東区にある警視庁術科センターに来ていた。達郎がここに来るのは一年ぶりだった。警察官は最低年その一回の射撃訓練が義務付けられている。友梨も射撃訓練を受けなければならないタイミングだったので、達郎は一緒に射撃ブースに入った。久々の実弾射撃に達郎の気持ちは高鳴った。人型の的に照準を合わせ、達郎は引き金を引いた。達郎の撃った銃弾は人型の心臓部分を撃ち抜いた。

「小向さん、やりますね！」

隣のブースにいる友梨が、驚いたような顔で達郎を見た。達郎は心臓を狙って撃ち続けた。そのほぼすべてが心臓付近を貫通していた。友梨が、口を開けたまま達郎の撃った的を見ている。

「すごい！　すみません、いま白状しますけど、小向さんがピストル射撃の元五輪候補って、嘘だと思ってました。いまこの瞬間から信じます」

「それはどうも」

達郎は慣れた手つきで銃に実弾を装塡《そうてん》した。

「そんなに上手《うま》いのに、どうして本番では撃てないんですか？」

「いろいろあるんだよ」

隣のブースで、友梨がのろのろした手つきで弾《たま》を込めている。

「私、全然ダメ」

友梨の撃った実弾はほとんど人型の的には当たっていない。

「どうやったら当たりますかね？」

「練習あるのみ」

「そんなこと言ったって、年一回、ひとり四十発で上手くなるわけないじゃないですか」

友梨の言う通りだと達郎は頷いた。年一回、四十発の射撃訓練をしたくらいでは、実戦の時にはほとんど役に立たない。射撃に限らず、大抵のことは回数を重ねればできるようになると達郎は思っている。十発撃って心臓を撃ち抜ける者もいれば、百発撃ってやっと心臓を撃ち抜ける者もいる。要は、十回か百回か、その回数が違うだけで、撃ち続ければ誰でもいつかは心臓に命中させることはできる。その目標に到達する回数が少なければ、人は才能があると誉《ほ》め、回数が多ければ才能がないと言う。だが、才能の有無は回数の問題ではない。そのことを射撃練習に明け暮れていた大学時代に達郎は知った。回数を重ねれば、誰でもある一線までは行ける。達郎も「五輪代表候補」というラインまではたどり着けた。問題はそこから先だった。自分の足元にあるラインを、達郎はどうやっても超えられなかった。何百発、何千発撃とうとも、それ以上には行けない。回数では解決できないもの、それが才能だった。それに気づかせてくれた男のことを、達郎は思い出していた。彼はいま、どうしているだろうか。

あのビルの屋上で起きた狙撃事件以来、達郎はその男のことを考えていた。

達郎が最後の一発も心臓に命中させた。結局、達郎が撃った実弾四十発のうち三十三発は心臓を撃ち抜いていた。

その直後、友梨がスマホを見ながら達郎に声をかける。

「細井くんから連絡きました。勅使河原の検視結果出たそうです」

射撃訓練を終えた達郎と友梨は、その足で急いで法医学教室の解剖室へと向かい、華岡や細井と落ち合った。

達郎が解剖室のドアを開けると、白衣を着た男が振り返った。

「矢口《やぐち》教授、被害者を撃った弾は？」

達郎は挨拶もせずに本題に入った。矢口は無精ひげをなでながら、ステンレスのトレイを差し出した。トレイの上で、銃弾が鈍く光っている。

「これが摘出した弾」

矢口が見せてくれたのはアメリカ製のM40ライフルの弾丸だった。

「一九六四年に製造中止になり、今は発展途上国で出まわってる。恐らく暴力団を通じて入手したんだろ」

達郎は弾丸を手に取った。

「じゃあやくざの仕業じゃないのか?」

華岡の問いに、達郎は即座に首を振った。

「ありえない。七〇〇メートルの距離から脳幹を撃ち抜いてる。ライフルの専門家だ」

「パラフィンは何に使うんだ?」

「使用されたのがM40なら、その謎は解けた。古い銃は弾丸にパラフィンを塗り、弾づまりを防ぐんだ」

「なるほど。ずいぶん詳しいな」

「俺もピストル射撃をやってたんでね」

矢口が横から口をはさんだ。

「小向くんがオリンピック候補の最終選考まで行ったの知ってる？　なのに本番でしくじったんだよな」

華岡はその原因に心当たりがあった。極度に緊張すると、達郎は腹をくだす癖がある。それを、つい先日身をもって知った。

「腹を壊したんですね」

矢口が楽しそうにうなずいた。

「華岡さん知ってる？　この人、青梅《おうめ》中央署にいたとき、通報を受けて駆け付けた先で、イノシシ相手に拳銃五発ぶっ放したんだ。しかも一発も当たってない。当時ちょっと一部マスコミには騒がれたんだよね。弾もタダじゃないんだ、税金の無駄遣いだって」

「矢口さん、勘弁してよ」

達郎はバツが悪そうな顔で笑った。

「この人は動かない標的ならほぼ百発百中だけど、生き物はダメなんだよ。だから、実戦はからっきしダメ」

「それでよく五輪候補に残ったたな」

「言っとくけどな、これでも大学時代は射撃の天才と呼ばれてたんだよ、俺は」

唯一、友梨だけは達郎の実力はすごいと誉めた。さっき目の当たりにしたばかりの達郎の射撃の的中率を詳しく語りだした。久しぶりに他人から純粋な尊敬の眼差《まなざ》しを向けられ、達郎はなんだかこそばゆかった。

「でも、生き物に当てられないんじゃ、ほんと意味ないですけどね。宝の持ち腐れです」

友梨は、達郎を持ち上げてから容赦なく落とした。

「とにかく、殺された勅使河原さんは、山際重工で第六世代ジェット戦闘機の開発をしていたらしいという情報がありました。そのせいで武器商人に雇われたヒットマンの仕業では？　なんて憶測も飛んでます」

現在はF‐22、F‐35に代表される第五世代ジェット戦闘機がメインだが、二〇二五年以降にはアメリカ空海軍から新たに第六世代ジェット戦闘機が誕生すると言われていた。勅使河原がその開発に関わっていたとすれば、軍事機密や国際上、防衛上の理由が絡んでいるかもしれないと友梨は言う。

「現場にあった紙おむつの匂い、あれはなんだ？　子連れスナイパーか？」

華岡の本気なのか冗談なのかわからない質問に、達郎は笑いながら答える。

「子連れ狼《おおかみ》じゃないんだから。本当のスナイパーは、何時間もターゲットを待ってじっとしてるんだ。小便も垂れ流しにして。宇宙飛行士だって打ち上げのときにはおむつ穿《は》くだろ？　それと一緒」

「なるほど。それなら、屋上にその匂いが残っていることの説明はつくな」

あの屋上で華岡が嗅いだ匂いの正体を達郎は次々に答えていく。

蜜蠟とカーボンの匂いは、顔に塗る黒色のグリースだろうと達郎は言った。光の反射を防ぐために用いられる。

「メジャーリーガーがよく目の下に塗っているだろ。あれと同じように、スナイパーもつけるときがある」

狙撃犯は、おむつを穿き、グリースで光の反射を防ぎ、屋上で四～五時間も狙撃のチャンスをひたすら待っていたのだ。

「狙撃で一番大切なのは何かわかるか？」

「視力じゃないっすか？　動体視力！　僕けっこう目はいいんですよ」

細井がいち早く答えた。

「俺の専門は匂いだ。狙撃のことは知らん」

「狙撃で一番大切なのは風だ。犯人は、向かいのビルの屋上にあったあの旗のゆらめきで風を測ってたんだ」

達郎は狙撃犯が潜んでいたビルの向かいの建物の屋上に、旗がなびいていたことを覚えていた。

「犯人は二発撃ってることにも注目すべきだ」

細井が、一発で仕留められなかったからではと不思議そうに尋ねる。

「違う。地面に撃たれた一発目、これは試し撃ちだ。初弾の着弾点、つまり弾が当たった位置を見て、射程距離、風速、湿度、斜度を瞬時に計測調整して、二発目を脳幹に当てている」

やくざはこんな撃ち方をしない。達郎も同じ射撃をやっていた人間だからわかる。

「これはプロのスナイパーのやり方だ」

プロのスナイパーと言われても、友梨や細井にはピンとこないようだった。

「小向さんの言うとおりなら、被害者を撃った犯人は、相当の腕前ってことですよね？でも、プロのスナイパーなんて日本にいるんですか？」

日本は銃社会ではないし、ライフルや銃の扱いに慣れた人間といえば、警察官、自衛隊員、やくざのイメージしかない。凄腕のスナイパーと言われても、漫画の主人公にそんな人物がいるなと思うくらいに現実感のない職業だと友梨は言った。

「とりあえず、自衛隊、警察関係者、傭兵経験者、外国人スナイパーの線も追っていく。とにかく銃器の扱いに慣れた人物から絞り込んでいくしかないだろうな。すでに除隊、退官した人間も含めてリストアップしよう」

達郎の指示で、友梨と細井はそれぞれ自衛隊と警察庁から該当者を絞り込む作業に向かった。華岡は自分の出番はないから帰ると言って、部屋を出ていこうとした。

不意に、華岡が達郎を振り返った。

「イノシシでトラウマを作らなければ、あんたも相当な凄腕だったんだろう？　今回の犯人とあんた、実力はどっちが上なんだ？」

「俺だよ。と言いたいところだが、犯人のほうが凄腕だ」

「あんたと違って、動く標的にも強いからか？」

達郎は苦々しい顔で華岡を見た。

「いいか、プロのスナイパーでも頭を狙うときの射程は三〇〇メートル以内だ。それ以上だと普通は胸を狙う」

達郎は自分の胸をとんとんと叩いた。確実に息の根を止めるなら当然、頭を狙うべきだが、距離が遠い場合には胸のほうが狙いやすい。

「だが、この犯人は七〇〇メートルの距離で、一発で脳幹を撃ち抜いている。正直、信じられないほどの腕前だ。こんな芸当ができるのは……」

言いかけて、達郎は黙った。

「心当たりでも？」

「いや、別に……」

達郎はそれ以上何も言わなかった。


三日後、細井とともに警視庁の特別機動隊を除隊した隊員たちの消息を調べていた達郎のもとに、第二の犠牲者が現れたとの情報が入った。現場は、またしても白昼のオフィス街だった。犠牲者は藤堂晃《とうどうあきら》という六十五歳の男で脳幹を撃ち抜かれていた。藤堂は日本有数のメガバンクである東都銀行の重役だった。

達郎はすぐさま華岡を呼び出し、現場となったオフィスビルへと向かった。

灰色のアスファルトに血だまりが広がっている。その赤い血を見ながら、達郎は言い知れぬ不安を感じた。この犯人は凄腕だ。凄腕すぎる。ここまでの腕前をもつ人間はなかなかいない。達郎のなかで、次第にある疑惑が芽生えていた。

スナイパーがいたビルはすぐに突き止められた。防犯カメラと目撃者の証言から、スナイパーはビルの清掃員になりすまして屋上に侵入し、被害者の脳幹を撃ち抜いた。

達郎と華岡は、そのビルの屋上へと足を踏み入れた。ちょうど現場での証拠採取を終えた鑑識が帰るところだった。入れ違いに入ってきた華岡を見て、彼らは眉をひそめた。

「今頃来たって、現場には指紋ひとつ残ってませんよ」

嫌味ったらしい笑顔を浮かべながら、彼らは出て行った。華岡は彼らから疎《うと》まれていた。達郎は鑑識たちの態度はもっともだろうと、むしろ彼らの肩を持っていた。考えてみれば、一生懸命、証拠を見逃さないようにと気を張っている横で、ズカズカと踏み込んできて荒らし回る華岡の存在は邪魔でしかないはずだ。また、あの態度もよくない。もう少し人並みに気を使ったり愛想笑いでもすればいいものを、そういったことの一切を華岡はムダだと思っているらしい。華岡にしてみれば、匂わないものには興味がないのだ。優しさや思いやりという無臭のものは、華岡の眼中にはないのだろうと、達郎はそこを期待するのは早々に諦めていた。

華岡が鼻栓をはずし、匂いを思い切り鼻孔に吸い込んだ。華岡はニヤリと笑った。

「もう何も残ってないなんて嘘だな。証拠がうじゃうじゃあるぞ」

華岡はもう一度目を閉じて、大きく匂いを吸い込んだ。

「どうだ？　何かわかったか？」

華岡は目を閉じたまま答えた。

「ロウソクとハマナデシコ」

「ハマナデシコ？」

達郎は聞きなれない単語に思わず聞き返した。

「砂浜や海岸の崖に咲く花だ。浜辺に咲くから、ハマナデシコ。本州から沖縄にかけて生息する。紅紫色で小ぶりの花だ」

達郎は花の名前を手帳にメモした。

「海辺に咲く花がどうしてこんなオフィス街にあるんだ？　犯人が持ってきたのか？」

華岡はなおも鼻をヒクヒクさせながら、屋上の匂いを探っている。

「犯人の衣服、皮膚に付着していたか、もしくは花そのものを持ってきたかのどちらかだろう。もしかしたら、この花の生息範囲とほかの匂いの情報を組み合わせて考えれば、犯人の居場所か犯人につながる有力な手がかりがつかめるかもしれない」

「あとは、なにかわかったか？」

「スナイパーは日本人だ」

メモを取る達郎の手が一瞬止まった。

「日本人？」

「犯人の体臭が日本人特有の発酵臭、つまり醤油《しょうゆ》っぽい匂いが強い」

「醤油好きのアメリカ人やフランス人かもしれんぞ」

華岡は達郎の言葉を鼻で笑った。

「体臭はなにで決まると思う？」

「食べ物だろ？」

「そうだ。だが、数日程度のことでは、体臭にはならない。体臭はその人間が日頃何を食べているかを如実に表す。この俺の鼻が断言する。犯人は日本人だ」

達郎はそれ以上反論しなかった。華岡の嗅覚は、匂いで個人を特定できるほどの鋭さだ。それはもう達郎も認めていた。ここ数日、達郎はずっと、ある男の存在が頭から離れなかった。それは達郎に才能とはなにかを教えた男であり、自分のピストル射撃の競技人生を終わらせた男でもある。

「それから、このスナイパーは独身だ。あんたと一緒だな」

「うるさい！　あんただって独身だろ？」

「俺は一度は結婚したし、娘だっている」

余裕の笑みを浮かべて自分を見ている華岡が心底憎たらしいと思った。こんな奴が結婚できたのであれば、自分も絶対できるはずだと達郎は思った。

帰宅した達郎は夕飯もそこそこに、押し入れから古いアルバムを引っ張り出した。紺色のアルバムには、ホコリという歳月が降り積もっていた。ふーっと息を吹きかけてホコリを払い、達郎は分厚いアルバムのページをめくった。

ページをめくる度に、過去の匂いがした。過去の匂いとは、すなわちカビの匂いだと達郎は思う。達郎はこの匂いが嫌いじゃなかった。

アルバムのなかには色あせた写真が何枚も並んでいる。懐かしい顔もいれば、誰だか全然思い出せない人間もいっぱいいる。思い出は美化されるとよく言われるが、達郎にはそこまで思い入れのある過去はない。だが、こうしてアルバムを開くと、受験失敗の思い出も、失恋の思い出も、何もかも「良い思い出」という包装紙でラッピングされてしまう。時間とは怖いな、と達郎は思った。

やがて、目当てのページがきた。そのページには、日の丸の刺繍《ししゅう》が施されたウェアを着た達郎が写っている。今より、だいぶほっそりとしたスタイルの自分を見て、思わず達郎は苦笑した。そのなかの一枚の写真に目を留めた。同じ日の丸ジャージを着た選手たちの集合写真だった。

そのなかに、男はいた。

改めて、達郎はその写真を見た。日の丸を背負う自分。その若き達郎の隣にいる男の顔を確認するのが、今日達郎がアルバムを引っ張り出してきた理由だった。

母の昌子にアルバムを見たいと言ったら、「恋人に見せるのね！」と何を勘違いしたのか浮かれ出したので、なだめるのが一苦労だった。

「仙崎士郎《せんざきしろう》」

達郎は男の名をつぶやいた。

普段は思い出しもしないが、名前は忘れていない。忘れられないのだ。射撃だけは誰にも負けないと豪語して、大学入学とともにピストル射撃に明け暮れた。五輪代表の座が見えてきたのは大学三年生の時だった。当時、達郎は本気でオリンピックに行けると思っていた。なんの疑いも持たずに、自分にとっては予定された出来事の一つで、達郎が思い描いていた人生年表には、オリンピック出場が当然のように組み込まれていた。

それを打ち砕いたのが、仙崎だった。仙崎は、達郎が射撃で唯一敵《かな》わないと思った相手だった。もともと、達郎もライフル射撃をしていた。

だが、ライフル射撃には仙崎がいた。誰も、彼の腕には敵わなかった。達郎は、少しでもオリンピック出場のチャンスを増やそうと、仙崎のいるライフル射撃から、ピストル射撃へと転向した。

来る日も来る日も撃って撃って撃ちまくった。それでも、オリンピックは遠い夢だった。その横で、仙崎はさっさと五輪代表の座を得た。

だが、オリンピック一ヶ月前に仙崎は右腕を負傷した。当時、自衛隊員だった仙崎は、豪雨によって孤立した住民の救助活動中に骨折してしまったのだ。

仙崎はオリンピック出場を辞退することになったが、「自分の本職は人を助けることだから悔いはない」と話していたと、達郎は人伝《ひとづ》てに聞いた。敵わないと思った。

もし仙崎が出場していたら、メダルは確実だったと、今でも達郎は思っている。

達郎は転向してまで、オリンピック出場を狙っていたが、結局叶《かな》わないまま競技人生を終えた。達郎は、写真のなかの仙崎に声をかけた。

「お前じゃないよな」

達郎は、仙崎が犯人ではないかと疑っていた。仙崎本人は危険人物でもなんでもないが、狙撃の腕前だけで言ったら、いまの日本で仙崎以上に犯人にふさわしい人物はいないと達郎は思っていた。


翌日、達郎はクレー射撃場に来ていた。

かつての射撃仲間であり、旧友でもある小松《こまつ》を訪ねるためだった。手土産《てみやげ》に、自販機の缶コーヒーを渡すと、「ケチくさい」と笑われた。ひとしきり、昔話に花が咲いた後、達郎は本題を切り出した。

「仙崎のこと覚えてるよな？　いまどうしてるか知ってるか？　名簿の番号に電話して

も通じないんだ」

　達郎は自宅の押し入れからこれまた引っ張り出してきた射撃協会の名簿を小松に差し出した。小松は缶コーヒーを飲みながら、昔の記憶を掘り起こすように、こめかみを二、三回叩いた。

「たしか、自衛隊を除隊したあとは、アメリカだかどっかに行ったというのは聞いたぞ。いま現在のことは知らないな」

「誰か、他に仙崎と仲の良かった奴は？」

　うーんと小松は首をかしげた。それはそうだろうと達郎も思った。仙崎は社交的な男ではなかった。物静かで目立たない男だった。

「そういや、数年前までは年賀状だけは来てたぞ。たしか、娘がいてな、なんて名前だったか。そうだ、夏美《なつみ》ちゃんだ！」

「娘がいるのか？」

　仙崎が結婚してたとは、正直意外だった。達郎は自分を棚にあげて、仙崎も女運がないタイプだと、勝手に仲間意識を持っていた。達郎はホッとした。それなら、華岡が言い当てた犯人像と仙崎は一致しない。

「七五三の年賀状もらったのは覚えてる。その後、プツッと音信途絶えたなぁ。六年前くらいが最後だったと思うぞ」

「結婚して娘もいるなら、幸せだよな」

達郎は自分の心配が杞憂《きゆう》に終わったことを喜んだ。だが、心の片隅ではまだこう思っている。仙崎以外に、あの犯行は無理だと。

達郎は缶コーヒーの残りを一気飲みした。いつもより苦く感じた。


翌日、「特別捜査支援室」に出勤すると、上辺が飛んできた。被害者である勅使河原と藤堂の接点が見つかったのだという。

二人はともに啓明《けいめい》大学の同級生だった。同窓会やイベントを主催する啓明会の理事も同時期に務めていたこともわかった。啓明会の運営組織は閉鎖的で知られていて、いわば、究極のエスカレーター校であった。この辺りの事情に上辺は異常に詳しかった。なんでも、大学から啓明大学に入った上辺は、幼稚舎からの「本流組」と区別され、「傍流組」と揶揄《やゆ》されていたらしい。上辺は当時馬鹿にされた恨みを滲ませつつ、思い出話が止まらなかった。

さっそく、達郎は啓明大学の関係者を中心に話を聞きにいくことにした。勅使河原と藤堂の関係を調べていくと、もう一人、大蔵《おおくら》という男の存在が浮かび上がった。この三人が特に仲が良かったということがわかってきた。

三人は幼なじみで親友でした、と言いながら写真を見せてくれたのは、藤堂の娘の葉《よう》子《こ》だった。その写真には勅使河原、藤堂、大蔵の三人がクルーザーの上で笑顔で写っていた。彼らは仕事上の付き合いというより、純粋に親友同士だったのだと葉子は涙ながらに語った。

「この、大蔵さんはどういう方です？」

「大蔵さんは防衛省をおやめになって、今は帝国警備保障の相談役をされてます。本当に仲が良くて、三人いつも一緒でした」

「喧嘩することは？」

葉子は涙をぬぐいながら、少し笑った。

「それはしょっちゅう。みんな、幼稚舎の頃からの仲間ですから」

「お父さんはクルーザーをお持ちなんですか」

「いいえ。それは大蔵さんのです。でも、もう三年ぐらい乗っていなかったと思います」

これだけのクルーザーを手に入れて遊んでいたのに、今はもうまったく乗っていないなんてもったいないと達郎は思った。金持ちのやることは時々よくわからない。達郎は自分だったらこんな大金をつぎ込んだら、意地でもクルーザーはやめないだろうと思った。金に執着がないからこそ、これだけ身軽に趣味を変えられるのだろうか。

「クルーザーはなぜやめたんです？」

「海は飽きた、と言ってましたけど。その後は急に三人でゴルフを始めましたね」

「飽きたんですか。こんな立派なクルーザーを買ったのに、もったいないですな」

達郎は明るく言いながらも、内心呆れていた。クルーザーの上で笑う三人の男。そのうち二人はもうこの世にいない。まだ現世に残る最後の一人から話を聞くのが先決だろうと思いながら、達郎は写真をじっと見つめていた。

特別捜査支援室に戻ると、黒野が興味深い事実を伝えに来た。

「やっぱりあの三人、ただ仲がいいだけじゃありませんでした。黒い噂がありましたよ」

それは土地の売買をめぐる噂だった。

千代田区の旧防衛庁舎・青山寮《あおやま》の払い下げを巡って、五年間、土地が塩漬けになっていた。暴力団が暗躍しているともいわれたが、それがこの春ついに解決に向かった。だが、落札したのは勅使河原が会長を務める山際重工であり、落札のための資金を出したのが、藤堂がいた東都銀行だった。当然、防衛省出身の大蔵にとっては、面白くない話だ。

「防衛省側は、この件には相当むかついてたって話です」

この一件に絡んで生き残ったのは、元防衛省の大蔵だけ。子どもの頃から仲良くしてきた男たちの間に、これで亀裂が入ったとみることもできる。仲良し三人組が、土地の払い下げを巡ってもめた末の悲劇なのか、と達郎は思った。

「仲がいいほど、一旦もめると憎しみは深くなるってことっすかね？」

「元防衛省なら、スナイパーを調達するぐらいお手の物じゃないですか。怪しすぎますよね、大蔵っていう男」

大蔵が狙撃犯を雇ったかどうかはまだわからないが、とにかく一度早く会ってみるべきだと達郎は思った。

翌日、達郎と友梨は大蔵の天下り先である帝国警備保障の本社へと赴いた。受付で来訪の旨を伝えると、応接室に通された。開口一番、多忙だから急いで用件を話せと大蔵は言った。達郎はムッとしたが、長居はしたくなかったので早めに切り上げるためにも、さっさと核心に踏み込むことにした。

「旧防衛庁の青山寮跡地の払い下げの件で、山際重工、東都銀行ともめませんでしたか？」

「知らない。もう私は防衛省の人間じゃないんでね」

「でも影響力は半端じゃないでしょう。何も知らないっていうのは不自然では？」

「君たちは私を疑ってるのか？」

「一応、動機はありますよね」

「不愉快だ。失礼する」

大蔵は一方的に席を立った。達郎と友梨も大蔵の後を追った。だが、達郎が何を聞いても、大蔵は知らないの一点張りで逃げるように大股で歩いていく。

本社ビルのエントランスを出て、大蔵は大通りに停車している自分の専用車へ乗り込もうと通りに出てきた。

後ろから追いかけてきた達郎は、大蔵のすぐ横の地面を何かが跳ねたのに気づいた。その何かが、実弾だとわかったのは次の瞬間だった。試し撃ちをしたのだ。達郎は、反射的に目の前の大蔵に飛びかかる。

「小向さん、危ない！」

友梨の悲鳴が聞こえた。達郎は大蔵をかばうように上から覆いかぶさる格好で地面に倒れた。その達郎の真横を二発目の銃弾がかすめた。

達郎は銃弾の飛んできた方向を振り返った。高いビルの屋上に、影が動くのが見えた。

「あそこだ！　あの屋上！」

達郎が後ろのビルの屋上を指差すと、影が逃げていくのが見えた。

「逃がすか！」

大蔵を友梨に託し、達郎はスナイパーのいる屋上へと、猛然と駆け出した。

だが、達郎が屋上にたどり着いた時には、すでに犯人は去っていた。


新宿の繁華街で達郎は情報屋の男と待ち合わせをして会っていた。頼んでいた調査の結果が出たという連絡がきたのだ。

「ライフルを売った？　本当か？」

情報屋に依頼したのは、ここ最近の銃の取引で何か不審なことがなかったかどうか、ということだった。マル暴もそうだが、公安の刑事たちは自分の情報屋を持たないとやっていけない。いま会っている男もマル暴時代、達郎の情報屋だった男だ。裏で取引される商品として真っ先に挙がるのがクスリと銃。今回、達郎はライフルを売った相手を片っ端から探すことにした。

そのなかで達郎が気になったのは、一ヶ月前にライフルを購入した男の情報だった。非常に事細かくライフルの注文をしてきたという。

達郎は仙崎が狙撃の実行犯ではないか、と疑っていた。元自衛隊員だった仙崎の腕前に目をつけた大蔵がやらせているのではと思っていた。今日、銃撃を受けたときに、その疑いはより濃くなった。あれほどの腕があれば、犯人は自分を撃てたはずだと達郎は思った。二発目がはずれたのは偶然かもしれないが、わざとの可能性もある。

達郎が仙崎を疑う理由に確たるものは何もない。ただ、日本人であれだけの狙撃の腕を持つ者は仙崎以外にいない。仙崎の狙撃の腕に対する絶対的な信頼、それが達郎が抱く疑念の源だった。信頼が疑念を生むというのも皮肉だが、あれほどの狙撃手を達郎は他に知らなかった。ただ、同時に、仙崎が犯人でないことも願っていた。だが、もし大蔵が首謀者で、仙崎に狙撃をさせているのなら、大きな疑問が残る。今日、雇い主である大蔵を撃ったのはなぜか、ということだ。

その時、華岡から電話がきた。屋上で鑑識が採取した布の匂いの解析が終わったという知らせだった。急いで華岡のマンションに向かうと、華岡はフラスコを振りながら達郎を出迎えた。フラスコのなかには、屋上で採取した布きれが入っており、なにかの薬品に浸されている。

「布きれに土の匂いが付着してた。ローム質の土壌の中に、スコリア質の凝灰岩《ぎょうかいがん》が含まれている」

「ごめん、全然何言ってるかわかんない」

「あと、塩の匂いが濃い。地質的には、三浦《みうら》半島の辺りだ」

「三浦半島？」

「それと、花崗岩《かこうがん》の匂い、それにロウソク。この二つが同時に存在するのはどこだかわかるか？」

「わからん。いいから結論を言ってくれ」

「花崗岩は墓石に使用される石材だ」

「三浦半島の墓地の匂いってことか」

するると、ハマナデシコは墓石にたむけられた花ということになる。

「犯人の目的はなんだと思う？」

「匂いからわかった犯人像はこうだ。三浦半島の墓に定期的に通い、独身で、プロ並みの腕をもつ日本人の男」

華岡はじっと達郎を見つめる。

「犯人の心当たりがあるんだろ？」

「……ないよ」

華岡は鼻をヒクヒクさせた。

「嘘だね。動揺が匂いに出てるぞ」

「確信はない。だけど、あれだけの腕をもつ狙撃手は、仙崎以外いない」

「誰、その仙崎って？」

「俺の昔の射撃仲間だよ。強化合宿で相部屋だった男でさ、凄腕なんだよ。仙崎の実力は俺が一番わかっている」

「あんたはまず、腹くだすのを何とかしないとな」

達郎は華岡をにらんだが、反論はしなかった。

「仙崎のことを調べたんだ。そしたら、陸上自衛隊普通科連隊を平成二十五年九月に除隊していた。その一ヶ月前の八月に、一人娘の夏美ちゃんが亡くなっていたんだ。まだ六歳だったそうだ」

「原因は？」

「海で、サメに襲われたんだ。右腕を噛まれ、そのまま溺死したらしい。かわいそうに……」

一人娘の死のショックで除隊したのだろうか。珍しく、華岡が悲しげな顔をしているのに、達郎は気づいた。華岡にも娘がいる。達郎は華岡の親としての顔を初めて見たような気がした。

「いま、その仙崎って男はどこに？」

「アメリカに行ったことまでは知ってるが、たぶんもう帰国してるはずだ。その後の消息は、射撃仲間に聞いたがわからなかった」

「あんたの勘が正しければ、狙撃犯はその仙崎って男だな」

「俺はピストル射撃、向こうはライフル。種目は違ったけど、やさしい男でね。俺が最終選考で落選したとき、最後まで慰めてくれたのが彼だった」

　彼は、大蔵を撃ち損なった。達郎が大蔵をかばったから。必ずまた狙ってくるはずだ。その動機がまだわからないが、娘の死と関係があるのではないかと達郎は思った。そのためには、まず華岡が突き止めた海の見える墓地を探すしかない。達郎は地図を広げ、三浦半島にある墓地を探しはじめた。

　三浦半島の南に仙崎の娘の墓はあった。

　墓地の管理人は気の毒そうに仙崎の様子を話してくれた。

「仙崎さんは墓石の前で、いつも長い時間ずっと祈ってたよ。かわいそうになぁ」

管理人に墓まで案内してもらった。高台の、海が一望できる場所だった。

達郎と華岡は、そこで仙崎の妻も亡くなっていることを知った。墓碑に妻と娘の名が刻まれていたのだ。亡くなったのは昨年の十月だった。墓石の前に、から薬莢《やっきょう》が二つ、ぽつんと置かれている。達郎は、から薬莢を手に取った。勅使河原と藤堂を撃った弾に違いないと達郎は思った。

墓石の周りにはハマナデシコの花が咲き乱れていた。

管理人が、仙崎の娘、夏美の事故についての話を聞かせてくれた。

「娘さんの事故はサメじゃない。船のスクリューに巻き込まれたんだ。地元の者はみんな知ってる。腕を噛まれてあんな傷にはならん」

「船のスクリュー？　じゃあなぜサメに襲われたという話になるんです？」

「最初は漁船に巻き込まれたんじゃろって話で地元の漁師たちと警察も、その船を探してた。だけどな、三日目か四日目に、急に船の捜索は中止されたんだ。次の日には、新聞にサメに噛まれたという記事が出たんだ」

クルーザーの上で笑顔を見せていた三人の男、大蔵、藤堂、勅使河原の写真を達郎は思い出していた。彼らが狙われた理由は、これだったのだ。娘の復讐だ。

管理人は、事件は珍しく霧が出た日に起きたとしみじみ話してくれた。霧で視界が悪かったことで起きた不幸な事故だというのが地元の人々の一致した見解だった。事故そのものの悲劇もさることながら、その後に事故を覆い隠そうとしたことが、いまの惨劇を生んでいるのだと達郎には思えた。墓地から太平洋が見渡せる。仙崎はどんな思いでこの海を見ていたのだろうか。

達郎は墓地から大蔵の勤める帝国警備保障に連絡を入れた。しばらく外出をするなと警告しようとしたが、大蔵は一笑に付した。これから警備艇《てい》の進水式に出席するという。大蔵は強気だった。防衛省時代のコネもあり、万が一に備え、警視庁のＳＩＴ（特殊犯捜査係）をスタンバイさせているから大丈夫だと笑っている。

達郎は電話を切った後、華岡と一緒に車に乗り込み、大蔵のいるヨットハーバーへと車を走らせる。

達郎は友梨たちに連絡して、急いで大蔵の所有していたクルーザーの所在を確認させた。すると、事故が起こった平成二十五年八月四日の翌日に、大蔵は自分のクルーザーを売却していたことがわかった。

あのクルーザーが、仙崎の娘の命を奪ったのだろう。仙崎の復讐はまだ終わっていない。このままでは、三つめのから薬莢が墓前に並んでしまう。それだけは阻止しなければば、と達郎はアクセルを強く踏み込んだ。

十五分ほど車を走らせると、大蔵のいる式典会場が見えてきた。小さな湾に警備艇が停泊している。湾の周囲はなだらかな傾斜の山に囲まれていて、今はかすかに霧が出てきている。


達郎の車が式典会場に着いたとき、ちょうどテープカットが行われるところだった。大蔵が笑顔でハサミを握っている。華岡を車に残し、達郎は式典会場へ走った。仙崎はこのタイミングを逃すはずがない。大蔵がもっとも注目を浴びる瞬間にその命を奪うはずだ。達郎は式典会場に飛び込んだ。

「伏せろ！」

達郎の声に、大蔵が反射的にしゃがんだ。大蔵の頭があったその場所に、弾丸がかすめていく。大蔵がしゃがみながら叫んだ。

「山だ！　後ろの山にいるぞ！　早くあいつを捕まえろ！」

その声を合図に、ＳＩＴの照準が一斉に裏山に向いた。このままでは仙崎が撃たれてしまう。達郎は急いで車へ戻った。

華岡を乗せたまま、達郎は車を急発進させて、裏山に続く坂道を猛スピードで走った。

この間にも霧はどんどん濃くなっている。坂の頂上で車を止めた達郎は、拳銃を抜いた。

「あんたはここで待ってろ！　絶対に外に出るな！」

そう言い残し、達郎は霧のなかに飛び込んでいった。

裏山は、濃い霧が立ち込めている。これでは見通しが悪い。仙崎もＳＩＴも、互いに狙いづらい。頼むから間に合ってくれ、祈るような気持ちで、達郎は拳銃を握りしめた。拳銃をもつ達郎の手は震えている。


霧はどんどん濃くなっている。辺り一面、白い世界だった。濃霧のなか、二メートル先も見えないほど視界は悪い。そのなか、一人また一人と、ＳＩＴの隊員たちが倒れていく。全員、急所は外れている。

拳銃を手に、霧のなかを達郎はひとり彷徨《さまよ》っていた。仙崎を止めたい。今あるのは、ただその一心だった。いくら仙崎といえども、大勢のＳＩＴに囲まれれば一巻の終わりだ。仙崎をかばうのは立場上、警察への裏切り行為になる。でも、達郎は今だけ仙崎の援護射撃をしたい気持ちだ。もちろん気持ちだけだ。実際に相対したら、互いに銃を向け合わなければならない。

濃霧はますますひどくなる。

きっと、夏美がクルーザーの事故で死んだのも、こんな濃霧の日だったのだろう。夏美の事故の真実も霧のなかに葬られようとしていた。それを仙崎が霧のなかから引きずりだした。

発砲音と人間のうめき声が入り混じって聞こえてくる。達郎は立ち上がって叫んだ。

「仙崎！」

白い霧に、達郎の叫びが吸い込まれていく。

「聞こえるか、仙崎！　小向だ！　射撃合宿で同じ部屋だった小向達郎だ！」

叫べば自分の位置が相手にわかってしまう。仙崎に自分を殺す気があれば、これは自殺行為に等しい。達郎は、それでも叫び続けた。

「仙崎、お前の腕が全然衰えてなくて、びっくりしたよ。さすがだ。知ってたか？　俺はお前の才能にずっと嫉妬してた。俺にはない射撃の才能がお前には有り余るほどある」

霧は相変わらず濃い。

「でも、その才能のせいでお前は殺人犯になってしまった。これ以上は撃つな。できれば、お前の気持ちを尊重してやりたいが無理だ。俺は警察官だ！　これ以上、犠牲者を増やすわけにはいかない！」

白い霧のなかへ、達郎は叫び続けた。

「今すぐ投降しろ！　さもないと、俺がお前を撃つ！」

霧のなかから返事が返ってきた。

「小向、お前に俺が撃てるのか？」

二十数年ぶりに聞いた仙崎の声は、記憶のなかの声と変わっていなかった。この緊迫した状況には似合わない、低くて落ち着いた声だった。

「小向はトラウマでもう射撃はできないって噂はずいぶん昔に聞いたよ。お前が撃てるのは動かないただの的だけだ。お前に俺は撃てない」

仙崎の声がした方角へ、達郎は銃を構え直した。

「試してみるか、仙崎」

その時、背後で人の気配がした。達郎がとっさに銃を向ける。

「華岡⁉」

そこにいたのは華岡だった。

「バカ！　車にいろって！」

「なにも見えないなぁ」

のんきな声でつぶやいた華岡に達郎は舌打ちする。出てこなくていい時に何を出しゃばってきたのかと猛烈に腹が立ってきた。

「本当に何しに来たんだよ！　邪魔！」

「そのまま目をつぶれ。俺が方角を指示する」

華岡は鼻栓を取った。その瞬間、達郎は華岡がここにきた理由に気づいた。達郎は胸が熱くなるのを感じた。華岡が匂いを吸い込む。達郎も銃を構え直した。

「後ろだ。あんたから見て、五時の方向」

達郎は振り返り目をつぶった。発砲音とともに達郎のすぐ横を弾がかすめていく。達郎は引き金に指をかけて、華岡の声だけに集中した。

「左に十度、下に三十度、銃口を下げろ。あと五度下げろ。……今だ、撃て」

華岡の言葉を聞いた瞬間、達郎は引き金を引いた。達郎の放った弾は、白い霧のなかに消えていった。しばらく、白い霧以外に何も見えず、なにも聞こえなかった。華岡がぼそっとつぶやく。

「血の匂いがする。あんた、やっぱり腕はいいんだな」

華岡が感心したように笑った。

「行くぞ」

達郎は、自分が引き金を引いた方向へと歩いていく。

二十数年ぶりの再会だった。

こんなかたちの再会になるとは、達郎も、きっと仙崎も思っていなかったはずだ。肩から血を流している仙崎に、ＳＩＴのレーザーポインターがいくつも集まっている。だが、仙崎は再びライフルを構えようとする。

「やめろ！」

だが、仙崎はライフルを降ろそうとしなかった。死の決意が仙崎の目に宿っていた。

「仙崎、この霧は夏美ちゃんが出しているんだよ」

その言葉に、仙崎が達郎を見た。

「パパを撃つなって。それから、パパにこれ以上、人を殺させないように、夏美ちゃんが、この霧を……」

仙崎の目から、涙が落ちた。同時にライフルも地面に落ちた。

「霧の中から今でも声が聞こえてくるんだ。夏美の声が。助けてっていう夏美の声が。俺は、何もしてやれなかった」

堰《せき》を切ったように、仙崎の目から涙が溢れ出した。達郎は泣き崩れる仙崎の背中にそっと手を置いた。さっきよりも霧が晴れてきている。

「霧、晴れてきたぞ」

仙崎が、空を見上げた。やっぱりこいつには敵わないなと達郎は思った。霧のなかで対峙《たいじ》したとき、仙崎はわざと動かなかったのだ。達郎に撃たれるために。霧は晴れ、その隙間からかすかに青空がのぞいていた。

# 第三章

美術館のなかに併設されたカフェで、華岡は珈琲をすすっていた。

ロマン派の展覧会を見終わり、ずっと立ったまま絵を見て回っていたので、華岡の足は疲れていた。

内装やテーブル、イスもすべて白を基調としていて、上品で明るい雰囲気のカフェだった。高い窓からは、夏の強い日が差し込み、白い壁が眩《まぶ》しく光っている。その白い壁には、たくさんの画家の絵画が飾られていた。もちろん全部レプリカだが、有名画家の絵画に囲まれながら飲む珈琲というのも、たまにはいいと華岡は思った。珈琲自体は安い豆で香りもいまいちだった。

華岡は店内を一周見渡してから、目の前に置かれた白い紅茶用のポットを見た。ポットの蓋をすらりとした長い指がつまんで、すぐにまた置いた。蓋が上がった一瞬だけ、ベルガモットの香りがしてすぐ消えた。きれいなターコイズ・ブルーにネイルされた爪に、思わず華岡は見とれた。由紀の指だった。華岡は思い切って正面から由紀の顔を見るが、由紀は真横の壁に飾られている絵画に見入っていて、華岡とは視線が合わない。由紀の美しい横顔に華岡は見とれた。由紀の耳にはピアスが揺れていた。ネイルとお揃いのターコイズのピアスだった。由紀は淡い水色のノースリーブのワンピースに、レモン色のサマーカーディガンを羽織っていた。

「ターナーの絵ですね」

由紀が柔らかい声でつぶやいた。絵の下の小さなプレートに「ノラム城　日の出」と書かれている。絵のなかの風景は輪郭がはっきり描かれず、なんともぼんやりした幻想的な絵である。城も手前の牛らしき動物もすべて陽光のなかに溶け込んでいる。

「すてきだわ」

絵を見つめている由紀を、華岡は見つめていた。

「紅茶、そろそろいれないと、蒸れすぎてしまいますよ」

「いけない、見とれちゃって」

由紀は慌てて、ポットから白いカップに紅茶を注ぎ入れた。ベルガモットの香りがふんわりと辺りに広がった。

「いい香りだわ。アールグレイ大好きなの」

由紀はカップを口元に運んで微笑んだ。由紀が笑う度に、ターコイズのピアスが揺れた。由紀の笑顔はきれいだと、華岡は素直に思った。そんな華岡の鼻に、アールグレイの匂いが飛び込んできた。華岡は眉をひそめた。

「これはダメですね。ベルガモットの香りがキツすぎる」

「え、そうですか？　いい香りだと思いますけど……」

「一般的に冷めてしまうと茶葉の香りは落ちてしまう。だが、ベルガモットの場合は冷めた状態でも香りが残りやすい。だから、アールグレイはアイスティーによく使われるんです」

「知らなかったわ。すごくお詳しいんですね」

由紀に誉められた華岡は、得意げに続けた。

「ベルガモットの香りは温度が高くなるほど、さらに香りが引き立つという特徴があるのです。だから、アイスティー用に香りを強めにつけられた茶葉をホットにしてしまうと、今度は香りが強くなりすぎる」

華岡は由紀の手からカップを取って匂いを嗅いだ。

「これは、アイスティー用の茶葉ですよ。それをホットで出すなんて、ひどい店だ。店員を呼びましょう」

由紀が驚いた顔で華岡を見た。店員を呼ぼうと華岡が右手を上げた。

「これでいいわ」

「いや、アイス用とホット用を使い分けないなんてプロ意識がない証拠です。これでカフェと名乗るなんて問題だ」

店員は別の客の注文を取っていて、なかなか華岡に気づかない。

「いいですから。私にはちょうどいい香りです」

「本当に美味《うま》いアールグレイは、こんな香りではないんですよ。あなたにこんな紅茶を飲ませるなんて！　店員ではなく、店長を呼びましょう」

「やめてください！」

華岡の上げた手を、由紀が両手でつかんだ。

「華岡さん、やめてください。ね？」

由紀が華岡の手をつかんだまま、困ったような笑顔で首を少しだけ傾けた。華岡は黙った。由紀が華岡の手を包んだまま、上げたままだった手をテーブルの上に下ろした。

華岡は自分の手を握っている由紀の手をじっと見つめた。華岡はクンクンと匂いを嗅いだ。

「このネイル、今日の午前中にされたんですか？　まだアセトンの匂いが残ってる……」

由紀が少しだけ頬を赤くした。

「ええ、最近お手入れしてなかったから。あの、慌てて予約取って行ってきたんです」

華岡が、一緒に美術館に行きませんかと誘ったのは昨日のこと。その後、急いでネイルサロンに予約の電話を入れている由紀を想像すると、華岡はなんとも言い難い気持ちになった。由紀は自分と会うためにネイルをきれいにした。そのことにどんな意味があるか、華岡にはわかった。いま由紀の両手に包まれている自分の右手から体中に熱がめぐっていくのを華岡は感じた。

今度は華岡が由紀の手を握り締めた。由紀は黙ったまま恥ずかしそうな顔でうつむいている。

「じゃあ今度は、美味《おい》しいアールグレイのお店に一緒に行きませんか？」

由紀がうなずいた。華岡は、由紀の手を強く握り締めた。

由紀と美術館デートをした次の日の朝、華岡はいつもどおりブルーマウンテンの豆を挽き、いつものとおりドリップを始めた。その間、ずっと華岡の顔はにやけっぱなしだった。由紀との次のデートは、一週間後の土曜、紅茶専門のカフェになった。早く会いたいと華岡は思った。カレンダーを見ながら、華岡は珈琲を飲んだ。

二口飲んだところでインターホンが鳴った。こんな朝早くに訪ねてくるのは娘の美里しかいない。

だが、インターホン越しに映っていたのは娘ではなく、元妻の恵美だった。恵美はくっきりとした目鼻立ちの美人なのだが、どちらかというとキツめの美人だった。意志の強そうな眉に、切れ長の目。怒ると、それらがよりいっそう恵美をキツく見せた。だが、今日は雰囲気が全然違う。いつもの気の強さは影を潜め、恵美の顔は暗く沈んでいた。

恵美は部屋に入ってきたところで、いきなり華岡をビンタした。珈琲よりも効く目覚めの一発だった。こうやってビンタされるのも初めてではない。彼女は口も達者だが、手も早い。以前には、事件を解決しホッと安堵していた瞬間に、大勢の野次馬たちの前でビンタされたこともあった。我ながら、なかなか女の趣味がいいなと華岡は思った。

それにしても、今日の恵美は変だった。ビンタされたのは華岡のほうなのに、泣きそうな顔をしているのは恵美のほうだった。

そのあと恵美の口から飛び出したのは、もっともパンチのある言葉だった。

「あの子が逮捕されたの！　殺人で！」

「朝からなんの冗談だよ」

そう言いながらも、華岡は恵美が嘘を言っていないことがわかっていた。親なら、冗談でも口にするはずのない言葉だ。

「男の子を刺したって……」

「馬鹿な……。その男って誰だ？」

「わからない。知り合いを刺したって……」

恵美の車で錦糸町署の留置場に駆けつけた華岡は、すぐに美里との面会を求めたが、いまは会えないと言われてしまった。

錦糸町署刑事課の刑事だと名乗った鬼島《きじま》は高圧的な態度で華岡の前に立った。定年までもう間もない年齢だと、華岡は匂いで判断した。

「いくら未成年といえど、取り調べが終わっていない段階で会わせるわけにはいかないんでね」

その名のとおり、鬼みたいな奴だと華岡は思った。鬼島のくたびれたスーツからは、汗とホコリの匂いがした。

「一瞬だけでも会いたい。何とかなりませんか？」

恵美の必死の願いを鬼島は冷たく却下した。

「無理ですよ。なんと言っても、殺人の容疑者ですからな」

「あの子がそんなことするわけないでしょ！」

「私も少年犯罪は数多く担当してきたが、皆あなたと同じこと言ってましたよ。あの子に限ってそんなことない、とね」

「美里は人を殺すような子じゃありません」

挑むような目で鬼島を見返しながら、恵美はきっぱりと断言した。華岡はそんな恵美の姿に密かに圧倒されていた。

「娘さんを信じるのは自由ですよ。だが、信じることと真実は別のものだ」

そのまま取調室に入ろうとした鬼島が振り返った。

「まだお帰りにならないでください。ご両親からもお聞きしたいことがあるので、また後で伺います」

鬼島は薄笑いを浮かべながら取調室へと入っていった。

華岡は知り合いの刑事に電話した。少なくとも、鬼島とかいう刑事よりも人情派の刑事に。


三十分後、華岡に呼ばれた達郎は錦糸町署にやってきた。

華岡を見つけて駆け寄ると、華岡の隣に会ったことのない美人が座っているのに気づいた。だが、憔悴《しょうすい》しきっている様子だったので、華岡だけを待合室のなかに連れて行った。

「悪い、非番の日なのに呼び出して」

「気にすんな。そんなことより、あの人が元奥さん？」

「そうだ。いまは弱りきってるよ」

「娘が逮捕されればみんなああなるさ。ところで、状況はかなりまずいぞ」

恵美に聞こえないように、声を潜めて達郎は事件の概要を説明した。

渋谷《しぶや》の雑居ビルの一室で、殺人事件が起きた。被害者は槇田聡《まきたさとし》、二十三歳。ビルの空き室で胸にナイフを刺された状態で死亡しているのが発見された。槇田のすぐ横で、酩酊《めいてい》状態で倒れていた華岡の娘で、今は恵美のもとで暮らしている片山《かたやま》美里十七歳を殺人容疑で緊急逮捕した、というのが達郎が同僚の刑事から聞き出した事件のおおまかな概要だった。美里の手には、血のついた果物ナイフがあったことから、容疑者として逮捕されたと達郎は華岡に話した。

「あいつ、なんでそんなところに……」

「殺された男は近くのクラブの従業員だ。どうやら美里ちゃんも一緒にクラブにいて、仕事が終わって帰るところまでは、他の連中も見ている。その後、なにがどうなったのか……」

その時、廊下から恵美の声が聞こえて、達郎と華岡が慌てて待合室から出てみると、鬼島が恵美から事情を聞こうとしているところだった。

「昨日の夜は連絡がつかなかったんです」

「親がそんなんだから、こんなことになるんじゃないのか」

「そんな！」

「恋人をナイフで刺し殺すなんて、可愛い顔して怖いお嬢さんだ」

恵美は鬼島の言葉に絶句した。鬼島につかみかかろうとする華岡の腕をつかんで、達郎は引き戻した。

「ここは俺の古巣だ。確かに拘留期間中は、弁護士以外会わせない場合が多いが、俺がなんとかする。まかせろ。それに担当は俺もよく知ってる刑事だ。あ、鬼島さん！」

恵美とにらみ合っている鬼島に、達郎は明るく声をかけながら近寄っていく。達郎をじろっと睨みつけるが、達郎もまっすぐ鬼島を見つめて深々と会釈した。

達郎にとって、鬼島は怖い先輩だった。達郎が警察官になって最初に配属された署にいたのが、この鬼島だった。鬼島は新米刑事だった達郎に捜査のいろはを一から叩き込んでくれた。見張りや、聞き込みの仕方、取り調べでの違法すれすれの尋問など、教わったことは数知れずあった。同時に、同じくらい真似《まね》したくないこともあった。特に容疑者への執拗《しつよう》な取り調べや精神的に追い込むやり口は、達郎はどうしても好きになれなかった。上辺は自分を人情派の刑事だと言うが、そうなった原因の一つには、この鬼島の存在があったと達郎は思っている。刑事としては有能であるが、ああはなりたくないと若い頃の達郎は鬼島を憧れと軽蔑という、相反する気持ちで見ていた。

「鬼島さん、ご無沙汰してます。小向です」

鬼島は返事をしなかった。

「あの、なんとか少しでも会わせてもらえませんか。父親も来てるんです」

「父親？　ああ、小向のところでコンサルタントしてる人って、この人か」

鬼島は達郎の隣の華岡を見上げた。自分よりも背が高い男は全員敵と言わんばかりに華岡を睨みあげた。

「却下だ」

それだけ言い捨てて、鬼島は出て行ってしまった。

「偉そうなこと言って、一撃で却下じゃないか。あんた紙屑《かみくず》並みに役に立たないな！」

「だって、あの人怖いんだよ。融通が利かないしさ」

達郎はバツが悪そうに、頭を掻いた。鬼島と言葉を交わしたのは数年ぶりだったが、彼の前では新人の頃のように萎縮してしまう。その時、直属の上司である上辺から呼び出しの電話が入った。華岡の娘の逮捕がバレたのだろうと観念して、達郎は特別捜査支援室へ急いだ。


警視庁の別棟にある特別捜査支援室のデスクで、上辺は心底弱りきった顔をしている。

「どういうこと？　ほんとにシャレにならないよ？　華岡さんの娘が殺人犯だなんて」

「まだ容疑者なだけです。とにかく所轄は四十八時間の留置を決めてます。この間は、警視庁本部の人間といえど面会できません」

「そんなことは言われんでも知ってるよ。もし、これが事実だとしたら、身内に殺人者がいるものをうちは雇ってたことになる。大問題だよ！」

上辺は珍しく声を張り上げて、デスクを拳で叩いた。達郎は神妙な顔で上辺の耳元で囁いた。

「室長はおろか、警視総監の首が飛びますね。いや、警視総監はわからないが、確実に室長は終わりですね」

「弱ったな」

上辺は泣きそうな顔で達郎を見た。

「小向、もし万が一、華岡さんの娘が殺人犯だったときは華岡と我が部署はなんの関係もないということで押し通そう」

上辺の薄情なやり方を黒野、細井、友梨が呆れ顔で聞いていた。

その時、一人の男が特別捜査支援室に入ってきた。最初に気づいたのは上辺だった。

「これは鏑木《かぶらき》参事官！　わざわざこんなところへすみません！」

腰を九十度以上折り曲げたお辞儀で、上辺は鏑木を迎えた。鏑木はエリート街道を順調に登っている。有能で人当たりもよく、刑事らしくない、温和で笑顔を絶やさない男だった。達郎は密かに、この鏑木こそ理想の刑事ではないかと思っていた。

その鏑木が珍しく険しい顔をしているのを見て、達郎と上辺はすでに華岡の一件が知れ渡っており、いまさら無関係だと言い逃れできないことを悟った。

「こんなことがマスコミに知れたら困りますね」

「はっ！　重々承知しております」

「刑事部の連中も全力で捜査している。頼みますよ、上辺さん？」

鏑木は上辺の肩にトンと手を置いて微笑んだ。

錦糸町署の廊下で華岡と恵美は鬼島が取調室から出てくるのを待っていた。そんな二人に達郎は頭を下げた。

「悪いが、捜査できない」

達郎の言葉に、華岡と恵美は不快感を思い切り顔に出した。

「とにかく刑事課の連中から情報収集するから。今は下手に動けないんだ」

「子どもが檻《おり》の中にいるのに、何もできないっていうのか？」

「とんだ役立たずね！　あなた、なんのためにここで働いてるの！」

恵美が華岡をなじる。華岡はそのまま達郎をなじった。

「役立たずはこの男だ！」

達郎は目の前の元夫婦にだんだんイラついてきた。彼らが喚《わめ》くのを必死になだめ、なんとか突破口を開こうと思っているのに、文句ばかり言われるのは理不尽だとため息をついた。

「あんたらね、夫婦そろって何なの？　もうちょっとおとなしくしててよ。あんたらが抗議しまくるから、ここの署員たち参ってるよ！」

「もっと参ればいいのよ！」

恵美は、フンと鼻を鳴らした。やはり元夫婦、この仕草は華岡と似ているなと達郎は思わず感心した。やはり夫婦は似るものなのかと思っている間にも、元夫婦の口喧嘩は止まらなかった。

「こっちは娘が無実の罪で閉じ込められてるのよ」

「まあまあ、落ち着いて」

　最初に署の廊下で会った時は憔悴していたが、だんだん落ち着きを取り戻したらしい恵美は本来の勝気な性格が今や前面に出ていた。傍若無人な華岡に、気の強い妻。この二人が一緒に暮らしていたなんて想像もつかない。なんだか結婚って大変そうだなと達郎は他人事《ひとごと》ながら思う。こんな結婚をするくらいなら、一生独身でもいいのかもしれない。達郎は今の自分を肯定する気持ちになった。怒りが収まらないのか、恵美はまだ華岡に食ってかかっている。

「だいたい、あんた今まであの子に何か親らしいことした？　何もしてないでしょ！　だからこんなことになるのよ！」

「なんだと？」

　署で夫婦喧嘩をされても困ると、達郎は二人の間に割って入った。その時、取調室のドアが開き、鬼島が出てきた。鬼のような形相で、一目見て機嫌が悪いことがわかった。達郎はビビリながら、鬼島をつかまえた。達郎は美里の様子を聞きだそうとするも、鬼島に突き飛ばされた。

「完全黙秘とは、なめたガキだ！」

「黙秘⁉」

鬼島はどすどすと足音を立てながら廊下を歩いて行く。その背中を見送りながら、達郎は思わず笑いそうになった。あの鬼島相手に美里が黙秘を宣言したとは、さすがにあの二人の子どもだなと達郎は感心した。鬼島は取り調べで自白させる名人として、「落としの鬼島」の異名をもっている。その鬼島相手に肝が据わっている。だが、肝が据わっていることがこの場合有利に働くとは限らない。火に油を注ぐ結果になりつつあると達郎は頭を抱えた。とにかく娘に会えるまでここで待つという恵美に付き合って、達郎も錦糸町署の廊下で待つことにした。

その時、廊下の向こうで鬼島を呼び止めたのは、鏑木参事官だった。

「鬼島くん、まだ娘さんは容疑者なだけだ。あまり無茶な取り調べはしてはいけないよ」

鏑木は鬼島を諭すように言った。その後、穏やかな笑顔で華岡に声をかけた。

「悪いね、華岡さん。もう少し辛抱してくれ。取り調べが終わったら、面会もできる」

「あの子はなにもしてないわ！」

　恵美が鏑木に詰め寄ろうとするのを華岡が制した。

「お偉いさんはのんきなもんですね。朝からゴルフしてたのに、急遽《きゅうきょ》呼び出されたので虫の居所が悪いようですな」

「はい？」

　華岡が鏑木の周りを鼻をヒクヒクさせながら嗅ぎまわった。

「芝の匂いがプンプンする。この時期に枯れてないのは西洋芝だ。匂いの残留具合からして、ゴルフ場で五時間過ごした直後でしょう」

「さすが、噂どおりの嗅覚だね。今日のゴルフは断れなくてね。いや、失礼した。申し訳ない」

　鏑木は心底、申し訳なさそうな顔で華岡に頭を下げた。

　捜査会議から締め出された特別捜査支援室の面々は、自分たちの部署で暇を持て余していた。達郎も自分のデスクでひたすら新聞を読んでいる。

　なんとか会議に潜り込めないかと出て行った細井が、奮闘むなしく帰ってきた。

「ダメです。今回は完全に箝口令《かんこうれい》が敷かれてるっす。うちが捜査に加わる隙がありません」

「容疑者の身内がいるだけに、捜査には一切タッチさせないってことね。ま、当然といえば当然だけど」

納得がいかない友梨が上辺に食ってかかるのを、達郎は新聞を読む振りをしながら黙って見ていた。

達郎たち支援室のメンバーが知らされている情報は、被疑者である片山美里と被害者の槇田聡とは付き合いがあったこと。槇田は禁止薬物取締法違反の前科があること、それだけだった。どうやら、捜査一課は若い男女の痴情のもつれが原因という線で捜査を進めているらしい。

「痴情のもつれで、相手を包丁で刺し殺すなんて、イマドキの子にしては古典的な方法よね」

達郎も、あの鬼島相手に平然と黙秘を決め込む根性をもった女の子が、痴情のもつれで人を殺すとは思えなかった。

その夜、渦中の華岡が警視庁にやってきた。達郎が密かに呼び出したのだ。特別捜査支援室の面々は、どうせここにいても暇だからと早々に帰路についていた。

「凶器の果物ナイフは、妻の家の物ではなかった」

華岡が暗い声で言った。心なしか頬が少しこけたように達郎には見えた。

「逮捕から四十八時間は警視庁本部の人間も手を出せない。おまけに捜査一課はこの支援室をいつも以上に徹底的に捜査から排除してる」

「わざわざそれを言うために呼び出したのか？」

華岡の声が一段と低くなった。眼《め》にも光がない。

「俺だって首がかかってるんだ」

達郎は机の下にあった紙袋をデスクの上に置いた。それをそのまま華岡の前に差し出した。華岡は紙袋の中身を見て、かすかに眉を動かした。達郎の意図にはすぐ気がついたようだった。

「首がかかってるのにいいのか？」

「いま俺にできるのはそれだけだ」

「わかった」

達郎と華岡は、袋のなかから鑑識の制服を取り出し、その場で着替えだした。達郎と華岡は、鑑識に変装し、槇田が殺害されたビルに乗り込むしかないと決心した。

渋谷センター街を通り抜けて、少し路地に入ったところの規制線が張られているビルの前で、達郎と華岡は立ち止まった。立ち入り禁止の看板の横に、若い警官が退屈そうに立っている。あくびをした瞬間を狙って、鑑識の格好をした達郎と華岡が声をかける。

「警視庁鑑識課の大向《おおむかい》だ。こちらは花川《はなかわ》」

「は！　失礼しました！」

若い警官はあくびを見られたのを気にしているようで、見るからに緊張した面持ちで敬礼した。達郎は威厳のある声で続けた。

「職務中にたるんどるぞ。まあいい。ちょっと中に入るぞ」

若い警官は遠慮がちに質問してきた。

「あの、こんな時間に調べるんでしょうか？」

「そうだ。悪いか？」

「いや、あの、本部からは何も連絡がきてないもので」

「お前、何年目だ？」

「二年目であります」

「思い立ったら即鑑識って、言葉知らないのか？」

「はあ」

達郎と華岡はそのままビルの中へ入っていった。

現場は鑑識によって隅々まで調べ尽くされた後だった。

「この部屋はもともと空室で鍵をこじ開けて、不良たちが勝手に使ってたようだ」

達郎が帽子を脱ぎながら現場を見渡した。華岡もマスクを取り、思いっきり現場の匂いを吸い込んだ。

捜査から外された達郎と華岡が取った苦肉の策は、実に古典的な方法だった。こんな時間に見張りに立たされるのは、まだ経験の浅い新米警官だと達郎は踏んだ。自分も一年目、二年目の頃はよく深夜の見張りに立たされた経験がある。我ながらかなり強引な押し入り方だったとは思うが、背に腹はかえられない。

達郎は、部屋の中央で匂いを吸い込んでいる華岡の言葉を待った。現場で匂いを嗅げば、犯人が娘でないことは証明できると華岡は言っていた。だが、華岡は眉間に皺《しわ》を寄せるだけで、なかなか言葉を発しない。

「くそ！　時間が経ちすぎてる。鑑識や刑事やいろんな人間が事件後に出入りしすぎて、匂いが混ざってる！」

「せっかく変装して忍び込んだんだから、なんとかしろって！」

華岡は目を閉じて、さらに大きく匂いを吸い込んだ。だが、目を開けた華岡は小さい声で自信なさげに話しだした。

「殺された槇田は、最初にいた誰かと話してた。……そこへ、後から美里が誰かとやってきて、そして槇田が倒れた……」

「誰が刺したんだ？」

「わからん。ただ、美里と槇田以外の人間は、二人とも男だ。一人は四十代から五十代。ヨークシャーテリアを飼ってる。美里と一緒に来た男は二十代だ。匂いを嗅げば誰かわかるんだが」

華岡は再び目を閉じて、もう一度深く吸い込む。

「……何かが、ここから持ち去られた」

「何かってなんだ？」

「なんの匂いかわからん。これから調べる。が、ここにいた男が何かをここから持ち去った。殺人の後で」

「持ち去った物がなにかわかればいいが、現時点では美里ちゃんの無実を証明するようなものはないんだな？」

華岡は悔しそうに唇を噛んでいる。

「とにかく現場には美里以外に男がいたんだ。単なる痴情のもつれじゃない」

その時、外で騒がしい声が聞こえてきた。見張りの若い警官とその上司らしき男との会話がぼんやりと聞こえてきた。どうやら、達郎たちの来訪を不審がっているらしい。

「やばい。逃げるぞ！」

達郎と華岡は、ビルの裏にある窓から全速力で逃げ出した。

深夜の渋谷を年甲斐《としがい》もなく全力疾走した華岡は、途中で達郎と別れて家路についた。

自宅マンションに戻ってきた華岡は、家の前で見慣れた車を見つけて、小さくため息をついた。恵美の愛車だった。

玄関の前に座り込んでいる恵美を部屋に入れ、華岡は二人分の珈琲をいれた。華岡と恵美は無言のまま、しばらく珈琲の香りを味わった。

先に沈黙を破ったのは華岡だった。

「こんな夜中に車を飛ばしてきたのか？　やっぱり母娘だな。あの子もお前そっくりだ。普段は慎重なくせに、時折びっくりするような大胆なことをする」

「大胆なことって？　殺人のこと？」

「美里はやってない。自分の子どもが信じられないのか？」

「まさか、あなたの口からそんな言葉がでるとはね」

そう言って、恵美は笑った。目尻の皺が前よりも深くなった気がするが、気のせいだろうかと華岡は珈琲を飲みながら思った。隈《くま》もできていて、恵美の顔は疲労の色が濃くなっている。

「あなたは信じてるの？」

「……信じてるさ」

「嘘ね」

恵美がつぶやいた。

信じてると華岡も心の底から言いたいが、そう言い切れるほど、美里のことを知っているとは思えなかった。華岡は恵美と結婚しているときからずっと「夫の自覚がない」「父親らしいことをしない」と文句を言われ続けてきた。だが、それは真実だった。だから、華岡もそのことに反論はしなかった。自分は、美里のことを信じ切れるだけの関係を築けていない。いや、築いてこようとしなかったのだ。

華岡の沈黙の意味がわかったのか、恵美は話題を変えた。今ここで華岡をこれ以上責めるのは酷だと思ったのかもしれないし、責めるだけの元気が残っていないのかもしれない。

「現場の匂いはどうだった？」

「よくわからない。これから調べるところだ」

「そう……」

元夫婦の会話はそこで途切れた。

翌朝、まだ眠っている恵美のために、コーヒーポットとサンドイッチをテーブルに置き、華岡は部屋を出て、娘がいる錦糸町署へ向かった。

錦糸町署の取調室で、華岡は鬼島と向かい合っていた。

「十四年前に離婚して、それ以来、娘とは疎遠なのか」

「ケアはしてた」

「ケア？　その言い方がすでに父親の言葉じゃない。他人に対する言い方だ。それにたまに会うのがケアか？　それで父親だと名乗れる神経がうらやましい」

華岡は無言で鬼島を見返した。その通りだと思った。

「結婚期間はたった三年か。ちっちゃい子を放り出してよく離婚できるな」

「俺の話はどうでもいい。娘に会わせてくれ」

「会いたがってると思うのか？　こんな父親に」

鬼島の意地の悪い笑みを見ていると、自分のほうが暴行罪を犯しそうだと華岡は思った。それくらい、不快な言い方をあえて選んでいるのは明白だった。これは挑発だ。華岡は深呼吸してから、口を開いた。

「槇田は本当に恋人だったのか？　痴情のもつれとかいってるが、娘のスマホは押収してるんだろ？　だったらメールやＳＮＳを見ればわかるはずだ」

　鬼島は微笑んだだけで、質問には答えなかった。

　達郎は錦糸町署が見える路地で華岡が出てくるのを待っていた。出てきたところをつかまえて、近くの喫茶店に引っ張り込んだ。達郎はいつになく周囲を警戒しながら口を開いた。

「あの署では麻薬の横流しがあるんじゃないかって噂がある」

「麻薬の横流し？　錦糸町署でか？」

「あくまで噂だけどな」

　身を乗り出して、達郎がさらに声をひそめた。

「この数年、錦糸町署の覚せい剤をはじめとする違法薬物の押収量が倍増してる。その捜査を指揮してるのが、なぜかあの鬼島刑事なんだ」

「刑事課なのに？」

「そう。普通は所轄なら生活安全課の管轄だ。どうやら鬼島刑事は強引に捜査に割り込んでいるらしい」

　最近、この界隈《かいわい》の闇ルートで大量の薬物が出回り、そのせいで末端価格が値下がりしているという噂は達郎も聞いたことがあった。問題は、警察がそれに関与しているということである。

「あの鬼島って刑事、そういう男なのか？」

達郎は腕組みしながらどう答えるべきか迷った。

「……確かに乱暴なところはある。だけど、そんな不正をする人じゃなかった。……昔はな」

少なくとも、先輩として達郎に捜査のいろはを叩き込んでいた頃の鬼島は不正とは無縁の男だった。だが、人は変わる。ふとしたことから、悪に手を染めてしまう人間もたくさんいる。鬼島はいつも「相手を信じるな。疑え」と達郎に教え続けた。そんな鬼島を、今、達郎は疑っている。

「人は変わるからな」

運ばれてきた珈琲に、華岡と達郎は二人同時に口をつけた。

「じゃあ俺が現場で嗅いだ匂いは、麻薬の匂いなのか？　それが持ち去られたってことなら、事件はまったく別の展開になるぞ」

「殺された槇田は、薬の運び屋をやっていた前科がある。おそらく麻薬が絡んでる事件なのは間違いないだろう。ただ、美里ちゃんがそれを知っていて関わっていたのかは、正直俺にはわからん」

　達郎は珈琲をすすりながら、華岡の顔を見た。昨日よりもさらに頰がこけた気がする。達郎は、ずっと聞きたいと思っていたことを華岡に投げかけた。

「あんた、美里ちゃんが絶対殺してないって信じてるか？」

「わからない」

「そうか」

「あんたは言わないんだな。それでも親なのかって……」

「俺は親になったことがない。だから、実の子どもであることが、信じる理由になるのか、本当にはわからない。……俺だって、仲間である鬼島さんを信じてるとは言えない。刑事としての俺を育てた人なのに……」

「俺は美里のことをちゃんと知らない。人を殺すような子なのか、そうじゃないのか。自分の願望を抜きにして、あの子がどういう人間なのかわからないんだ」

　達郎は驚いていた。精神的に弱っていることもあるだろうが、こんなに素直に自分の気持ちを吐露するとは、意外だった。

「父親とはいえないんだよ。父親失格だ。娘を信じてると心から言い切れない、嫌な奴なんだよ」

「父親失格かどうかはわからないけど」

「あんた独身だもんな」

「うるさいって。……でもさ、あんたがすごい美里ちゃんを心配してるのはわかる。あんたの顔どんどんひどくなってる。髭《ひげ》も伸びっぱなしだし」

華岡は言われてはじめて、髭を剃《そ》り忘れていることに気づいたらしく、頰に手を当てて目を丸くした。

「少なくとも、それくらい気にかけてるってことは本当だろ？　それでいいんじゃないか」

「ありがとうって言ったほうがいいか？」

真顔で聞いてきた華岡が、達郎はおかしかった。

「俺に聞くなよ」

達郎は麻薬の話に話題を変えた。

「ところで、さっきのお前さんの話聞いてて思ったんだが、麻薬の匂いを嗅いだことないのか？」

「俺は見てのとおり、善良な市民だ。そんなものに遭遇する機会がなかったのでね。一度嗅げば、その匂いは忘れない。サンプルみたいなものでもあればいいんだが」

達郎はそうか、とうなずいてから立ち上がった。

警視庁の一室、いわゆる科捜研に、達郎と華岡は足を踏み入れた。

華岡は興味津々な顔で薬品棚を見ている。その一角に、厳重に施錠された棚があった。遺法危険薬物の棚だった。「マリファナ」「覚せい剤」などの文字が並んでいる。細心の注意をはらい、華岡はそのすべてを嗅いだ。

「どれも違う。現場にあった匂いはない」

「間違いないのか?」

達郎は念を押した。

「揮発《きはつ》の具合から見ても、恐らくあそこには大量の何かがあった。間違えようがない」

「ということは、あそこにあったのは薬物じゃなかったってことか」

「引き続きラボで調べる。俺が嗅いだものが何かきっとわかるはずだ」

その時、すごい勢いでドアを開けて細井が飛び込んできた。

「華岡さん、娘さんが、自白しました。殺しを認めました!」

華岡が持っていた瓶を落としかけたのを、達郎は慌ててキャッチした。呆然としている華岡の腕を引っ張って、達郎は錦糸町署へと急いだ。

錦糸町署に達郎と華岡が着いたとき、すでに恵美は受付に詰め寄っているところだった。

「会わせるわけにはいかないと言ってるでしょう」

「どういうことなの!?　なんで自白なんか……！」

華岡は取り乱して泣く恵美をそっと抱き寄せた。恵美もおとなしく華岡の胸で泣いている。

「お二人さん、ここは一旦、引こう」

後から追いかけてきた友梨が、華岡を見つけて駆け寄ってきた。

「大変です！　家宅捜索です。華岡さんの家が……！」

急いで華岡のマンションに車を走らせた達郎は、ずらりと並んだ捜査員に唖然《あぜん》とした。

「では、華岡信一郎氏の立ち会いのもと、家宅捜索を開始します」

令状を手にした捜査官の言葉を合図に、華岡の部屋は一斉に捜査員の手で荒らされた。

「やめろ！　大事な仕事道具だ！」

次々と運び出されたラボの薬品や実験器具を華岡が取り返そうとするのを達郎は必死に止めた。

「ここは耐えろ！　妨害すると公務執行妨害になるぞ！」

呆然とする華岡の隣で、達郎はただ黙ってそれを見ているしかなかった。

「見ず知らずの奴らに荒らされた部屋では寝られない」

嘆く華岡を連れて、達郎は自宅へと向かった。どこかホテルに泊まってもいいのだが、美里の自白と家宅捜索のダブルパンチで参っている華岡をひとりにするのは良くないと判断し、達郎は母の昌子に、「今夜、友人を泊まらせる」と電話をした。

だが、自宅に着いた達郎が目にしたのは、捜査員が玄関前にずらりと並んでいる光景だった。さっき、華岡の家で見たのとまったく同じ状況に、今度は達郎が呆然とした。

鏑木参事官の姿もある。達郎は鏑木に詰め寄った。

「これは、やりすぎでは？」

「すまない。刑事部の威信をかけた捜査なんだ。君は大事な仲間だし、私は信じている。だが、調べないわけにもいかない」

鏑木が達郎に頭を下げた。

達郎は黙って、じっと耐えた。昌子がのんきな声を上げる。

「片付けてもらってありがたいわねぇ。あ、それ、粗大ゴミよ」

「清掃業者じゃないんだよ！」

達郎は、唇を噛んだ。自分が鬼島を疑うように、達郎も同じ仲間である刑事たちから疑われている。それが仕事といえ、虚《むな》しかった。

翌日、警視庁の廊下を歩いている達郎は、ほかの刑事たちの視線を嫌というほど感じた。家宅捜索の一件は知れ渡り、白い目で見られている。

唯一、変わらないのは黒野、細井、友梨、そして法医学の教授である矢口くらいだった。達郎は矢口のもとを訪ねて協力を仰いだが、矢口も箝口令があるので言えないという。それでも、必死に頼んで、結局口説き落とした。条件はキャバクラを三回分奢《おご》ることだった。

「表に出てない特ダネはないよ。死体は果物ナイフで刺されていた。刃は心臓に到達しており、これが致命傷。ただね、これ、絶対口外するなって一課からきつく言われたんだけど」

そう言って、矢口は一瞬だけ周囲を見回した。誰もいないかどうかを確認しているように達郎には思えた。

「心臓一突きだったんだよね」

「一撃で息の根を止めたってことですか？　あのナイフで？」

矢口がうなずいた。

「普通はさ、刺し傷が複数あって、その中の一つが心臓に到達していて死に至ることが多い。でも、この刺し方は違う。迷うことなく、心臓を狙って一突きで殺してる」

「つまり、犯人はプロってことか」

「少なくとも、私はそう思うがね」


錦糸町署で華岡が受付の女性警官相手に、美里に会わせてほしいと粘っていると、鬼島が階段から降りてきた。煙草を手にしたまま、喫煙所のほうへ歩いていく鬼島を華岡は追いかけた。

喫煙所の前で、鬼島は立ち止まり華岡を振り返った。

「仕事の邪魔だから、ほどほどにして帰れよ。それにしても、強情だな、君の娘は」

「根性だけは昔からある子だ」

「殺した理由については何も喋《しゃべ》らない。ただ私が殺した、とだけ」

鬼島の携帯が鳴った。鬼島は携帯を見てから、小さく舌打ちした。

「おちおち煙草も吸えん」

華岡はフンフンと鼻を鳴らした。怪訝《けげん》そうな顔で鬼島は華岡を見た。

「覚せい剤だな」

「なに？」

「あなたから覚せい剤の匂いがプンプンするよ。今日も横流しで、がっぽりか？」

鬼島は黙ったまま、華岡を見つめた。華岡はさらに匂いを吸い込んで、にやりと笑った。

「これは、マリファナだな」

「……ヤク中の被疑者と話をしてたんだよ」

「へえ。で、いつ娘に会える？」

「全部吐いたらな」

「その前に、俺があんたの陰謀を暴いてやるよ、この鼻でな」

「陰謀？　何の話だ？」

「とぼけなくていい。俺の鼻は間違えない」

そう宣言して、華岡は受付へと戻っていった。

達郎と友梨が錦糸町署に着いたとき、華岡は廊下のベンチに座っていた。達郎は殺された槇田のクラブで聞き込みをして得た情報を華岡に説明した。

「槇田と美里ちゃん、付き合ってたのは間違いないみたいだ」

「友人の話だと付き合って二年ぐらいね。かなり真剣な付き合いだったみたい」

「うそだろ？　恋人なのか？」

「槇田は元不良だけど、最近は仲間から距離を置きたがってたそうだ。美里ちゃんと出会ってから、いいほうに変わったらしい」

「しかし、不良なんだろ」

「禁止薬物取締法違反で一回パクられてる」

だが、達郎は、これはやらされた可能性が高いと指摘した。槇田のいたグループは組織的に薬物売買をしていたが、当時一番の下っ端だった槇田は捨て駒同然だった。

「彼は昼間の仕事を探してたそうです。悪い人じゃないみたいよ」

華岡は呆然とした顔でうつむいた。そこへ、黒野が槇田の働いてたクラブの監視カメラの映像をコピーしたＤＶＤを持ってきた。空いている取調室で再生すると、一人ソファに座っている美里が映った。しばらく座ってスマホを見ていた美里が席を立つ。その隙に、男が美里のグラスに薬を入れていた。何も知らずに、戻ってきた美里がそれを飲んだ。

「これを飲んだ美里ちゃんは急に酩酊状態になって……」

黒野が説明しながら早送りする。男二人に肩を担がれ、美里が運び出されていくのが映っていた。

「これが二時二十三分」

「槇田が刺殺されたのはこの直後だ。こんな状態で人なんか刺せない！」

「誰かが刺したあと、酩酊してる美里ちゃんにナイフを持たせたってこと」

美里は人を刺せる状態ではなかった。そのことを上辺に報告しに戻った達郎に、上辺は冷たく、捜査の打ち切りを伝えた。

「あとは刑事課が捜査する。小向くん、手出し無用だよ」

達郎は上辺の話が終わるとすぐに華岡と落ち合った。タクシーのなかで華岡にそのことを打ち明けると、華岡は落胆のため息をついた。

「つまり警視庁本部は手を引くってことか？」

「……そうなる」

「じゃあ、どうしようもないじゃないか」

「これ、見てくれ」

達郎は華岡に新聞を差し出した。

「これがどうした？」

「わからないか？　美里ちゃんが自白した、という記事が一行も出てない」

新聞には、美里の名前どころか女子高生が逮捕されたという文字すらない。

「これは推測だが、恐らく警視庁捜査一課が、錦糸町署にストップをかけてる。ホンボシは別にあると、まだ諦めてないんだ」

「やはり、錦糸町署の麻薬の横流しを探ってるのか？」

「そのためのカモフラージュじゃないか？　一旦、捜査から身を引いたと見せてるんじゃないかと俺は思う。鏑木参事官なら、錦糸町署の噂のことも知っているはずだ。あの人は有能だし、信頼できる」

その時、タクシーが目的地に着いた。そこは達郎の家の前だった。

昨日は達郎の家も家宅捜索で荒らされてしまい、結局、華岡はビジネスホテルに泊まることになった。だが、どうしても消臭剤の匂いがきつくて耐えられないと騒ぐ華岡を、再び自宅に呼んでやった。

一歩、家に足を踏み入れた華岡が露骨に顔をしかめたのをみて、達郎はムッとした。

「消臭剤くさいのも嫌だが、ここはここで雑多な匂いが混じりすぎているな」

「鼻栓でもしてろ。せっかく親切に泊めてやろうと思ったのによ！」

家の奥から、昌子が顔を出した。華岡の顔を見ると、あからさまにしょんぼりした顔をした。

「あら、今夜いらっしゃるお友達って男の人？　女性じゃないの？」

「残念ながらお友達でもないです。今晩はお世話になります」

華岡がお礼の挨拶と友達ではないという否定を素早くした。

「だから、男だって言っただろ！　何聞いてたのさ」

「お友達って言われて、そのまま受け取るわけないでしょう。そういうお友達かと思って」

「どういうお友達だよ！　まったく……」

目の前では母の昌子がしょんぼりしていて、後ろでは華岡が鼻をつまんでいる。達郎は華岡に同情して家に呼んでやったことを心底後悔した。

女性が来ると思い込んでいた昌子は張り切って夕飯を作っていたらしい。テーブルにはいつもより豪華なメニューが並んでいた。いつもより品数も多いし、盛りつけも綺麗にされていた。

華岡が昌子に勧められるまま、鶏肉の香草焼きに箸を伸ばした。一口食べて以降、華岡は二度とその皿には箸を出さなかった。それを見て、達郎は「まずい」と言わなかっただけ、華岡にも優しさがあったのだと思った。

布団を並べて、達郎と華岡は寝ることにしたが、華岡はなかなか寝付けないようで、しきりに寝返りを打っていた。

「やっぱりホテルのほうがマシだった」

「はいはい、よかれと思ってあんたを呼んでやったことを心底後悔してますよ。悪かったね、うちは臭くて、おふくろの料理もいまいちで」

「料理の味付け、ずいぶん薄かったな。あんた、ちょっと高血圧なんじゃないか？」

「……まあ、確かに去年の健康診断では引っかかったけど……」

「全体的に、料理の味付けが薄いし、減塩してるんだな。いいおふくろさんじゃないか。ちょっとうるさいけど」

達郎は驚いた。あまり料理の味に頓着しない達郎は、昌子が自分のために減塩メニューに切り替えていたことに気づかなかった。ただ、少し前より味が薄いなとは思っていた。それが、昌子が自分を思ってしていたことだったとは、華岡に言われるまで気がつかなかった。

「ちゃんとおふくろさんに礼を言えよ。おやすみ」

華岡が寝てしまった横で、達郎は少々うっとうしいと思っていた昌子のことを思った。少しだけ、涙が出そうになった。

翌朝、華岡はやはりホテルに戻ると言って、朝ごはんも食べずに達郎の家を出て行った。

「あらあら、ずいぶん気難しそうな方ねぇ」

そう言って、昌子がテーブルに朝食を置いた。目玉焼きにわかめの味噌汁《みそしる》に、小松菜のおひたしが並んでいる。達郎は味噌汁をすすった。

「おふくろ。あのさ」

「なに？　あ、もしかしてこの前言った婚活パーティー行く気になった？」

「だから、行かないって！　そうじゃなくて、ありがとう」

なんのこと、と昌子は首をかしげた。達郎は味噌汁をもう一度すすった。やっぱり、まずいと思った。

小向家から出てきた直後、華岡のスマホが鳴った。恵美が倒れたという知らせだった。運ばれたのは、由紀が勤める聖ジェームズ病院だった。タクシーを拾い、華岡は病院へ急いだ。

ベッドで寝ている恵美を見ながら、華岡は深いため息をついた。点滴を受けながら眠っている恵美の顔は白く、唇にも色がない。医者からは心労だと言われたが、こればっかりは治療法がない。美里が無実で、留置場から出てくる以外には。

華岡は、恵美を見舞った帰りに、耳鼻科に寄った。由紀は華岡の姿を見て、一瞬驚いたような顔をしたが、すぐに笑顔になった。

由紀には、恵美のことも美里との関係もすべて打ち明けていた。

「僕は娘に、何もしてやれることがないんです」

由紀は黙ったまま華岡の話を聞いてくれた。

「付き合っている相手がいることも、どういう男なのかも全然知らなかった。なんで、あんな不良を好きになったのか……わからない」

「人を好きになるのに、理由なんていります？」

それまで黙って聞いていた由紀が発した言葉に、華岡は思わず答えに詰まった。

「気がつけば、好きになってた。恋ってそんなもんじゃないんですか」

「……僕には、わからない」

「前の奥さんとはどうだったんです？」

「わからないんです、正直」

華岡は、恵美との関係がどうやって夫婦まで発展したのか、今でも不思議に思っている。ただ、気がつくと、そういう関係になっていて、美里ができたこともあり一緒になった。そして、わずか三年の結婚生活は幕を閉じた。

「僕には愛情というものが、そもそもないのかもしれない」

「それは違うと思います」

柔らかく、でもきっぱりとした声で由紀は否定した。

「別れる理由は一杯あるけど、一緒になる理由は、好きだから。それしかないわ」

思わず、華岡は由紀の顔を見つめた。

「結果はどうあれ、その時は好きだったんですよ、奥さんのこと」

「……かもしれません」

由紀が、とつぜん華岡の手を握った。柔らかくて温かい手だった。手に触れただけで、こんなに温かいなら、抱きしめたらどうなるのだろうと華岡は、由紀の手を見つめた。

「なにかできることがあったら、言ってくださいね」

「ありがとう。あの、土曜の約束ですが、少し延ばしてもいいでしょうか」

由紀は笑顔でうなずいた。

「もちろんです。いまは、娘さんと恵美さんのそばにいてあげてください。私、待つことには慣れてるんです」

華岡は、思わず由紀の腕をつかんで抱き寄せた。由紀は華岡の腕のなかでじっとしていた。

「事件が終わったら、電話します」

華岡はもう一度強く由紀を抱きしめた。腕のなかで、由紀が頷くのがわかった。

翌朝、いつもどおり家でブルーマウンテンを飲んでから華岡は病院へ向かった。恵美が退院することになり、車で迎えにいくことにした。

恵美の病室に向かう途中、華岡は廊下の向こうから来た医師とすれ違った。その瞬間、華岡はその匂いに嗅ぎ覚えがあることに気づいた。犯行現場で嗅いだ、あの匂いだ。現場から消えた、大量の「何か」の匂いが、いま目の前にいる医師から匂っている。華岡は医師を呼び止め、無遠慮に匂いを嗅いだ。戸惑っている医師の胸ぐらを摑んで、華岡は詰問した。

「あんた何者⁉　この匂いはなんだ⁉」

「ま、麻酔科医ですけど？」

あまりの剣幕に、医師は声を震わせながら答えた。


その日の夕方、警視庁の支援室に華岡がやってきた。

「それ、本当なのか？」

「間違いない。あの夜、犯行現場で嗅いだ匂いは、亜酸化窒素、つまり病院で使われてる笑気ガスと同じ匂いだ」

「笑気ガス？」

笑気ガスは非常に強い鎮痛作用のある医療用ガスで吸引すると顔が笑ったみたいになる。単独では使われないが、他の麻酔薬よりも痛み止めとしての効果が高い。そのため、麻酔補助薬として併用されることが多いのだと、華岡は言った。

「調べたところ、亜酸化窒素を元にしたドラッグがある」

華岡はプリントアウトした紙を達郎に差し出した。小さなカプセル型の錠剤の写真だった。

「シバガスという名の危険ドラッグで、闇の世界で流通している。イギリスではパーティードラッグとして使われ、吸いすぎると脳が酸欠を起こし、死に至ったケースも報告されている」

華岡の説明を聞きながら、達郎は今年の二月までマル暴の捜査で潜入していた頃のことを思い出していた。この手の危険ドラッグの販売を商売にしている暴力団はごまんといる。潜入していた頃、薬物取締りの強化に彼らも必死に仕入れルートや販売方法を試行錯誤していた。

「でも、俺がマル暴にいた当時は、まだシバガスはそこまでメジャーなドラッグじゃなかったけどな……」

昨年、都内最後の営業店と言われていた新宿の危険ドラッグ販売店が摘発され、いったんは危険ドラッグの流通は落ち着きを見せるかに思われた。だが、結局は扱いにくくなった他の危険ドラッグと入れ違いに、新たにシバガスに需要が移っただけで、裏のドラッグ市場はそのまま動き続けていたのだ。結局はイタチごっこでしかないのか、と暗澹たる気持ちで達郎は言った。

「シバガス吸入による多幸感はほんの一瞬だ。だから、一度に何本も使用する。ネットでまとめ売りを推奨してるのはそのためだ。徐々に単価を釣り上げれば利益拡大も狙える、ということか」

「そうだ。現場から持ち出されたのは、覚せい剤でもマリファナでもなかった。このシバガスが大量にあそこにあった。それを横流ししてるんだ。横流しする先は、あんたの古巣の暴力団だ」

「それ語弊があるから！　俺は潜入捜査員だから。インファナル・アフェアと一緒の立場だからね、俺は」

「なんだそれ？」

「観てないの、あの傑作映画を？　マフィアの男が警察に、警察の男がマフィアに潜入する話だよ。互いの組織にスパイとして入った男たちが、任務と情の狭間で揺れ動く男たちの悲哀が……って聞けよ！」

途中から華岡は達郎を無視して、シバガスの資料をめくり始めた。ふいに、華岡が資料をめくる手を止めた。

「シバガスの元になってる亜酸化窒素が今年の二月から指定薬物になってるぞ」

確かに華岡が指し示す箇所に、指定薬物に新たに指定されたという一文があった。

「本当だ。今までは違法とまではなっていなかったが、平成二十八年二月からは指定薬物となり、取締りが強化されることになってる。このことと、今回の事件は関係があるんじゃないか？」

達郎の言葉に、華岡もうなずいた。

「これまでは指定薬物じゃなかったから、いろいろ抜け道もあったんだろうが、今では厄介な薬物になってしまったんだろうな。だから、鬼島が大量に横流ししていたシバガスを急いで回収して隠したと考えるのが妥当か？」

「……鏑木参事官に相談してみよう。横流ししているのが鬼島刑事なら、一筋縄じゃいかないはずだ。鏑木参事官なら、何とかしてくれるかもしれない」

刑事部へ続く廊下を歩いているとき、華岡が不意につぶやいた。

「そういえば、鬼島と話したとき、他の麻薬や覚せい剤の匂いはしたが、シバガスの匂いはしなかったな……」

「他の匂いでかき消されたんじゃないのか」

「ありえないことではないが……」

その時、ちょうど廊下の奥から鏑木参事官が歩いてきた。

「鏑木参事官、重大な話があります。ちょっとよろしいですか」

達郎の呼びかけに、鏑木はいつもの温和な笑顔でうなずいた。鏑木は達郎の隣にいる華岡にも深々と頭を下げた。

達郎が近くの会議室に鏑木を招き入れようとドアを開けた。一緒に会議室に入ろうとした華岡が、「あ……！」と急に声を上げた。

「……ちょっと急用を思い出した」言うなり、華岡は駆け出していく。不思議に思いつつも、達郎はそのまま会議室のドアを閉めた。

華岡の運転する車で達郎は上機嫌で話していた。

「さすが刑事部の参事官は違うね。すぐに対応してくれるって！」

先ほどの会議室で、達郎は事件の新たな証拠である監視カメラのこと、錦糸町署の噂、鬼島への疑惑について包み隠さず打ち明けた。鏑木は早急に対策を講じると約束してくれた。有能な刑事は決断がはやい。

会議室でのやり取りを話しながら、達郎は華岡がずっと黙ったままでいることに気づいた。

「……おい、どこに向かってる？　これ、俺の家のほうじゃないぞ」

車はどんどん暗く人気のない倉庫街へと進んでいく。さっきから華岡は一言もしゃべらない。目的地とは違う場所に連れて行かれる、マフィア映画ではよくある展開だと達郎は思った。よくある展開とは、つまり仲間の裏切りである。

「おい！　どこ行く気だ！」

急に、車は止まった。窓の外を見て達郎は驚愕《きょうがく》した。

「なんで……？」

まさか、華岡が裏切ったのか？　でもなぜ？　さまざまな疑問が達郎の頭に浮かんだ。

「降りろ」

覚悟を決めて、達郎はドアを開けた。

「よお、小向。なんだ、顔色が悪いな」

「この暗さで、顔色なんてわからないでしょ、鬼島さん……」

そこにいたのは鬼島だった。何が起きているのかわからない達郎は、華岡と鬼島を交互に見た。

「いいか小向。危険ドラッグの横流しをしているのは、鏑木だ」

「鏑木参事官が、ホンボシ!?」

「間違いない。あの男から亜酸化窒素の匂いがした」

「まさか、そんな……」

「現場に出ない参事官が、現物のドラッグに触れる機会はない。それはお前だって知ってるだろ、小向」

鬼島が煙草に火をつけた。紫煙を吐き出しながら、殺された槇田と自分は顔見知りだったと告げた。

「この人から連絡もらってな。鏑木が裏で仕組んだことなら、すべて辻褄《つじつま》があうんだ」

「どういうことです?」

「殺された槇田は、このことをたれこもうとしていたんだよ。警視庁のある幹部が、危険ドラッグの不法取引に関与してて、ブツを横流ししてるとな」

達郎は信じられない思いだった。だが、華岡が鏑木から亜酸化窒素の匂いを嗅ぎとったのなら、鬼島の言うことは信憑性《しんぴょうせい》がある。鏑木クラスのエリートなら、確かに現物の麻薬や危険ドラッグに触れることはない。

「この人のおかげで、それが鏑木参事官だってわかったよ」

「槇田はその矢先に……殺されたってことですか」

「そうだ。恐らくチクろうとしてるのがばれて殺されたんだ。こっちは慎重を期して捜査してた。なんせホンボシは警視庁の幹部だからな。それが誰かまでは突き止められていなかったが、これではっきりしたな」

「じゃあ、美里ちゃんは……？」

「俺は、最初からあの娘は濡れ衣《ぎぬ》だってわかってたさ。なのに、どういう訳か途中で自白してきたから話がややこしくなったが……。あの子はやってない。あんなに酔って、一突きで心臓なんて刺せるわけがない」

だが、肝心の証拠がない。華岡が鏑木からシバガスの匂いを嗅いだから、では証拠にならない。なんとしても、物的証拠を押さえる必要があった。鬼島は、鏑木は直接手を下していないはずだと言う。なんでも、事件当日は警察幹部のゴルフ会があったということだ。

「恐らく手下にやらせたんだろう」

「あいつは、犯行現場から持ち去らせたブツを今持ってるはずだ。おそらく、より安全なところに隠してるはずだ」

「どこです？　早く探しに行きましょう」華岡は勢い込んで言った。

「奴は、最近、頻繁に湯河原《ゆがわら》の別荘に通ってる。おそらく、隠し場所はそこだ」

さっきの会議室で、鏑木が明後日ゴルフ会に行くと言っていたのを達郎は思い出した。鬼島は達郎の話を聞き、その隙に別荘を包囲して証拠となるシバガスを押収するという計画をその場で立て、部下へ指示を出した。やはり、有能な刑事は決断がはやい。そんな鬼島を裏切者だと思っていた自分を達郎は恥じた。帰ろうと車に乗り込んだ鬼島に、達郎は頭を下げた。

「鬼島さん、疑ってすみませんでした！」

「昔、俺がお前に教えたこと覚えてるか？　司法の世界じゃ、疑わしきは罰せずだが、俺たち刑事はどうだ？」

「疑わしきはとことん疑え、と鬼島さんには教わりました」

「お前は俺の教え通りにした。身内でも仲間でも、疑うことが俺たちの仕事だ」

鬼島が車に乗り込むのを達郎は黙ったまま見つめていた。

「小向、もっと疑え」

そう言って、鬼島はニッと笑った。鬼島が乗った車が走っていくのを、達郎はいつまでも見送った。

数日後、新聞に「警視庁幹部が危険ドラッグ横流し」「前代未聞の不祥事」という見出しとともに、鏑木の顔写真が掲載された。

警視庁幹部の犯行とあって、マスコミの取り上げ方も大々的だった。

華岡が自宅でテレビをつけると、報道陣に囲まれた鬼島が映った。

「捜査と再発防止に全力を傾ける」と宣言し、鬼島はニッと笑った。人相だけ見れば、鬼島のほうが確実に悪人だなと華岡は思った。

華岡はテレビを消して、マンションを出た。

今日は美里が釈放される日だった。なんて声をかけようかと、昨夜からずっと考えていたが、華岡には答えが見つからなかった。錦糸町署で恵美と待ち合わせ、受付の婦人警官に案内された部屋で、美里を待った。

久しぶりに再会した美里の顔は悲しみに沈んでいた。少しも釈放の喜びが感じられない。華岡も恵美もただ黙っていた。沈黙は長いこと続いた。

「……結婚して、って私から言ったの」

ようやく、美里が口を開いた。

「早く家を出たかったから。そしたら、俺が一生懸命働くから、一緒に暮らそうって……」

華岡は目で、「ちゃんと聞いている」と美里に語りかけた。

「でも、高校中退で前科持ちじゃ、働ける仕事も限られてるし、いくら働いても全然たいしたお金にならなくて。事件の前日に、ケンカしたの。つい、そんなにお金がないなら、前やってたみたいにクスリでもなんでも売ったらいいじゃん、って言っちゃったの」

そこまで言ってから、美里ははじめて涙を浮かべた。自分が槇田に放った言葉が、美里自身をずっと苦しめていた。

「今は真面目に働いてるの、わかってたのに……どこかで彼を信じ切れなかった」

「美里、それは違う。相手を完全に信じ切れる人間なんていない。俺だって……」

恵美がこちらを見るのが華岡にはわかった。恵美がいつか華岡に聞いた「美里を信じているか」という問いに、華岡はいま答えようと思った。

「父さんも、美里が逮捕されて自白した時に、もしかしたら……と思った。美里が殺人を犯すような娘じゃないって思ってたけど、お前が無実だと一〇〇パーセント言い切る自信はなかった。ひどい父親だよな……」

　美里は何も言わずに華岡を見つめている。

「自分の子どもだから信じる、仲間だから、恋人だから信じる。でも、本当にそれだけで信じてしまっていいのかな。自分の子どもだからって、無条件で信じるのは本当に信じてるとは言えないと思う。俺は、信じたいと思う相手ほど、疑ってしまうんだ。でも、これだけは言っておく。何があっても、俺は……俺とママはお前の親だ。だから、ずっと一緒にいる」

　黙って聞いていた恵美が隣で小さくうなずいた。

「彼はクスリを売ろうとしたんじゃなくて不正を暴こうとしたんだ。そして殺された」

　とめどなく、美里の目から涙があふれた。

「でも私が殺したんだよ」

　美里は涙を拭うことなく、じっと下をむいている。

「犯人は別にいても、殺したのは、私」

「違う」

　華岡は美里の肩に優しく手を置いた。

「お前は彼を生まれ変わらせたんだ。彼は正義のために行動した。そうさせたのは、お前のちからだ。彼はお前と出会って生まれ変わったと、周りに言ってたそうだ」

美里が少しだけ、顔をあげた。

「美里は彼を救ったんだ。俺はそう信じてる」

美里は顔をあげた。涙で濡れた顔で、華岡の顔を見つめた。

「美里、おかえり」

「パパ……」

「家に帰ろう」

華岡は、泣きじゃくる美里を抱きしめた。生まれたばかりで泣き叫んでいた頃の美里をこうやって抱っこしたことが、華岡の脳裏に蘇った。

「おかえり」

もう一度、華岡は娘を抱きしめた。

# 第四章

達郎の嫌いな十二月が近づいている。

クリーニングから戻ってきたまま放置していたコートを押し入れから引っ張り出し、達郎はため息をついた。恋人とクリスマスを過ごしたのはいつが最後だったか、思い出すのも嫌になるほど遥《はる》か昔の出来事だった。

特別捜査支援室に配属されてからはや半年。最初の頃は着るたびに嬉しかったスーツも、今は地味で面白みのない服だとしか思えなくなった。母の昌子は毎日ネクタイを直しにくるし、出勤前に達郎にかける言葉もいつも同じだった。

「そろそろ、いい人に会えるといいわねぇ。公務員はモテるそうよ。クリスマスに向けて、お見合いパーティーもたくさんあるみたいだし、行ってみたら？」

どこからか見つけてきたらしい婚活パーティーのチラシを、昌子は達郎に差し出してきた。

「はいはい、行ってくるよ」

チラシを受け取ってそのまま玄関を出た達郎は、最寄りの駅に着くと、チラシをゴミ箱に捨てた。ホームの自販機で缶コーヒーを買い、桜田門《さくらだもん》へと向かった。


華岡から電話が入ったのは、午前十時すぎだった。

出勤後に買った二本目の缶コーヒーを飲みながら、達郎は一時間かけて新聞を隅から隅まで読んだ。つまり、暇だった。「華岡」と表示された着信画面を見ながら、達郎は軽く首をかしげる。いまは抱えている事件はないはずなのに何の用だろうと思いながら、スマホを手に取る。というのも、華岡は休暇中だったからだ。警視庁刑事部の参事官だった鏑木が危険ドラッグの横流しに関与し、さらにそれを通報しようとした若者を殺害した罪で逮捕されたのが二ヶ月前のこと。その事件に、華岡のひとり娘である美里も巻き込まれ、一時は容疑者として拘留されていた。独身者の自分がこんなことを言うのも失礼だが、傍《はた》から見ていても、華岡はとても、よい父親とは思えなかった。だが、娘の逮捕をきっかけに心境に変化が起きたようだった。事件の一ヶ月後、しばらく休暇がほしいと華岡が言ってきた時、家族サービスでもするんだろうと達郎は思った。

「上辺さんには俺から言っといてやる。少し休め」と快く承諾し、上辺からも特にこれといった事件もないから、と華岡はそこから一ヶ月の休みを取った。そもそも、華岡は警察官ではない。コンサルタントなのだから、こちらが休みを許可するという権限もない。せっかく、父娘《おやこ》で気持ちが通じ合ったのだから、この機会に旅行にでも出かければ、と達郎は華岡に勧めた。だが、休暇はまだあと一週間あるはずだ。達郎は軽い口調で電話に出た。

「どうした？　もう休みに飽きたのか？」

「今すぐ、家に来い」

華岡はそれだけ言って、すぐに電話を切ってしまった。

華岡からの電話を受け、達郎は超高層マンションの最上階にある華岡の家にやってきた。部屋に通されてすぐ、華岡は達郎の目の前に小包を突き出した。

「わざわざ呼び出したのなら、お茶のひとつでも先に出すものだけどね、礼儀として」

達郎はブツブツ言いながら受け取った小包を持ち上げた。ずいぶん軽い。

「開けてみろ」

「なに、怖いよ。小指でも入ってんじゃないだろうね」

「わからん。もし変なものが入ってると嫌だから、あんたを呼んだ」

「これ開けさせるために、わざわざ呼んだの？　俺、仕事中なんですけど」

「どうせたいした事件もなくて暇してただろ？」

そう言って、華岡はいきなり達郎の腕を摑んで、手の匂いを嗅ぎはじめた。

「指先から大豆インクの匂いがする。このインクは新聞の印刷に使われる工業用インクだ。指に残留してる匂いの強さからして、相当長い時間、新聞を持っていたはずだ。つまり、新聞をじっくり読めるくらい暇だったということだ。あと、缶コーヒーを飲みすぎだな。朝からすでに三本飲んでる。それに、いい加減ネクタイは自分で結べ。また母親にやってもらっただろ」

達郎は自分の手を摑んで匂いを嗅いでいる華岡の顔面に、このまま拳をお見舞いしようかと一瞬迷ったが、かろうじてこらえた。その代わり、思いっきり手を振り払った。

「用がないなら帰るからな。急いで来てやったっていうのに」

文句を言いつつ玄関に向かおうとする達郎に、華岡はまた小包を差し出した。

「これだけ開けてから帰ってくれ。本当に小指が入ってたら、即事件だろ？」

華岡の手から小包をひったくり、外側を子細に見てみたが、これといって変わったところはない。

小包の差出人は山田太郎だった。偽名ではないかと達郎は思った。達郎は包装紙のセロハンテープを爪で丁寧にはがし始めた。チョコレート色のシックな包装紙に、きれいに赤いリボンでラッピングされている。小包の中身は長方形の小さな箱だった。ボールペンや万年筆を贈る際に使われる小箱のように見える。万年筆でも入っていそうな高級感漂う小箱を開けると、なかにはボールペンが入っていた。

「なんだ、これ」

達郎はそのボールペンを取り出してみたが、どう見ても安物だった。黒いノック式の油性ボールペンで、文房具売り場で百円かそこらで買える代物《しろもの》だ。

「ずいぶん見栄《みえ》っ張りな贈り物だな。奮発したのは箱だけか？　ボールペンがほしいなら、言ってくれれば俺がプレゼントしてやったのに」

今朝、顔なじみの宅配業者の男が届けに来たと華岡は言う。受取人は確かに華岡の名前になっているが、差出人には覚えがない。気持ち悪いから持って帰ってもらおうかと思ったが、中身が気になったから、結局受け取ったと華岡は包装紙の匂いを嗅ぎながら答えた。

「本当は、受け取った直後におかしいと思ったんだ。だから、開ける前にあんたを呼んだ」

「見た目は特に変なとこなかったけど……」

達郎は、小箱と一緒に封筒が添えられているのに気づいた。バースデーカードの封筒だった。封筒の中からカードを取り出すと、二つ折りのカードの表面に、「ＨＡＰＰＹ　ＢＩＲＴＨＤＡＹ」の文字が印字されている。キャラクターものではなく、小さな花模様がちりばめられたシンプルなカードだった。カードを開くと、中にはやや大きめの字で短い文章が書かれていた。定規を使って書いたのか、不自然にまっすぐな文字だった。

「彼女を救え」

達郎はその短い文章をでかい声で読み上げた。

華岡は達郎の手からカードを取り、鼻に当てた。そのまま、すうっと匂いを嗅ぐ。いつもなら、しばらく目を閉じて匂いを嗅ぐのだが、今日に限って華岡はすぐに目を開けた。そして、もう一度カードを鼻に当て、さっきよりも勢いよく匂いを吸い込んだ。

「……ない」

華岡はもう一度、カードの匂いを嗅いだ。そして、ゆっくりと首を横に振った。

「匂いがない」

華岡は、信じられないといった顔で呆然と手にしたカードを見つめている。

「紙にも、インクにも、何の匂いもない」

「あんた風邪ひいてる？　それか、鳩アレルギーとか？」

「残念ながら、俺の鼻は絶好調だ」

絶好調と言いつつ、華岡の表情は暗かった。だが、確かにさっきも達郎の退屈な午前中の様子を言い当てていたし、鼻は悪くないようだった。

達郎は、小箱の中に入っていたボールペンを華岡に差し出した。華岡は慎重な手つきで受け取ると、いつも以上にゆっくりと匂いを嗅ぎ始めた。華岡は目を閉じ、匂いを鼻孔に吸い込んでいる。今度は、すぐには目を開けなかった。

「……二十五歳から三十歳の女性、髪は茶色に染めている。それと……馬がいる」

華岡は、もう一度ボールペンを鼻に寄せた。また目を閉じて、フンフンと鼻を鳴らす。

「あと、大量の紙幣の匂いもする」

「その調子で、もう一回嗅いでみろ」

達郎は華岡の鼻先に、カードを差し出した。華岡は鼻の穴を大きくして匂いを嗅ごうとするが、すぐに目を開けた。

「このカードからは何の匂いもしない。やっぱり、おかしいと思ったんだ。最初にこの小包を受け取ったとき、匂いを嗅いだんだ。そしたら、なんの匂いもしなかった」

「さっき言ってた、変だと思った理由はそれか？　この小包から匂いがしなかったから不思議に思ったわけか」

　達郎はカードの文字をもう一度読んだ。

「彼女を救え」

　これは何のメッセージだろう、と達郎は改めてカードの文面を見た。「彼女」とは、華岡が嗅ぎ取った情報から言うと、アラサーで馬と金がある、茶髪の女。馬主の女か、それとも動物園の馬の飼育員とかだろうか、と達郎は頭をひねる。その「彼女」が何かしらの危機に瀕《ひん》していて、それを救えというメッセージだとしても、なぜ華岡に？

「あんた、誕生日いつだっけ？」

　いきなり何の話だという顔をした華岡に、達郎は冗談っぽく言った。

「ドッキリか、サプライズじゃないか？　最近流行《はや》ってるらしいよ。こういうカードで、行く場所を指示するだろ？　で、そこに行くと、またカードがある。また別の場所に行くようにってメッセージがあって、それを何回か繰り返して最後たどり着いたところに恋人や友達が待ってるんだよ。誕生日パーティーの飾りつけとかがしてあってさ。そういう手の込んだサプライズじゃないの？」

　達郎は自分で言いながら、絶対違うなと思った。そんな手の込んだサプライズをするのは、よほど仲の良い友人かイベント好きな恋人くらいのものだろう。そのどちらも、華岡にはいないはずだ。

「そこに書かれてる『彼女』とやらに、心当たりはないの？　アラサーで馬と金を持ってる彼女。それから茶髪だっけか？」

「全然心当たりないな」

即答した華岡は、ボールペンの匂いを嗅ぎながら、そのペンを握った女性を思い浮かべているようだった。

「俺の好みはもっと清純派だ。髪を染めすぎて、パサパサ髪の女はタイプじゃない」

「あっそう。その彼女もお前さんなんか願い下げだと思うぞ」

達郎は華岡の言う女性のタイプが誰を指しているのか、すぐにわかった。実際、華岡と由紀の関係はどこまで進んだのだろうか。達郎は今までなるべく考えないようにしてきたことを思わず口に出してしまった。

「由紀先生とは、どうなってる？」

言ってしまってから、達郎は後悔した。

「……順調だ」

「……よかったじゃん」

言葉とは裏腹に、自分の声に棘《とげ》があることを達郎は自覚してしまった。そんな達郎の顔をみて華岡が笑ったように見えた。

「なに笑ってんだよ？」

「笑ってはいない。あんたほど感情が表に出る人も珍しいな」

完全に馬鹿にしている、と達郎は苦々しく思った。

「悪かったね。俺は誰かさんとは違って、人情派なんで。人情派は基本、隠し事ができないの」

「悪いとは言ってない。むしろ誉めてる。正直は美徳だ」

華岡にそう言われても、誉められている気はまったくしない。

「そういや、あんたひとり？　美里ちゃんと旅行にでも行ってるのかと思ったけど」

「大学の教授をやってる知り合いから、興味深い香料サンプルをたくさんもらってな。その研究に集中するために休暇をもらったんだが？」

家族サービスのための休暇じゃなかったのか、と達郎は呆れた。でも、華岡らしいとも思う。達郎はため息をつきながら玄関に向かった。くだらない用で呼び出された挙句、小包の中から出てきたのは何の事件性もなさそうなボールペン。達郎はどっと疲れが出てきた。

「とにかく、イタズラだろ？　俺は帰るよ。新しい事件が俺を呼んでいるから」

特になんの事件も起きてはいないが、とにかく帰るための口実が欲しかった。ドアノブに手をかけた瞬間、達郎のスマホが鳴った。上辺からの着信だった。

「ほら、見ろ。俺だって暇人じゃないんだよ」

電話に出ると、新しい事件が起きたから、すぐに現場に行って来いとの指令だった。続けて、簡単に事件の概要を話し始めた上辺の言葉を、達郎は慌てて遮った。

「ちょ、ちょっと待ってください！　被害者は二十七歳女性のあと、もう一回言ってください」

電話越しに上辺が話したことを、そのまま達郎も繰り返した。華岡に聞かせるために。

「被害者は二十七歳女性、競馬場の馬券売り場に勤めている……」

華岡が、驚いた顔で達郎の顔を見た。達郎は、上辺の説明を電話で聞きながら、目は華岡が持っているボールペンとカードに吸い寄せられていた。

「彼女」がいたのは、湖のすぐそばにある地方競馬場だった。

湖のほとりにはキャンプ場もあり、週末ともなれば家族連れで賑《にぎ》わう人気スポットだ。昔、競馬に凝っていた頃は達郎も何度か足を運んだことがある。

平日とあって、競馬新聞片手に集まる中年男性の姿もまばらだった。馬券の払い戻しの窓口と、馬券購入の窓口は開いているが、土日のような混雑はない。晩秋のやわらかい日差しが短い芝生の上を照らしている。小さな子ども連れの姿も見え、一見、ギャンブルや喧騒《けんそう》とは無縁の光景だった。

「彼女」の遺体が見つかったのは、八階にある来賓用の特別室だった。

VIP専用のパスがなければ、八階に行くエレベーターフロアには入れない。今は警察の規制線が張られている。達郎は、見張りの警察官に警察手帳と所属を名乗り、華岡と一緒に現場に向かった。

特別室に入ると、すでに駆けつけていた所轄署の警察官がいた。特別室はバルコニータイプの席で、レーンを見下ろすには絶好の座席だった。

達郎と華岡は彼らの隙間をぬって、女の死体を覗き込んだ。来賓用の席に彼女は横たわっていた。首にはロープが巻き付いている。彼女の髪は明るい茶色で、肩までの長さの髪は軽くウェーブがかかっていた。

「面倒くさがりな人なんだな」

華岡は女の髪を指差した。

「根本から途中までは黒くて、そこから毛先までは茶色だ。長いこと染め直しに行ってない」

達郎は特別室の外にいる第一発見者の、清掃員の女性に話しかけた。

「あなたがここを掃除しに入ったら、彼女が死んでたんですね？」

「いつもは鍵がかかってるんですが、すでにあいてたんです。おかしいなと思って入ってみたら、彼女がイスの上に横たわっていて……」

華岡は、清掃員の女性に近づき、いつもながら無遠慮に匂いを嗅ぎだした。

「彼女は真面目な性格だ。手や腕から洗剤各種の匂いがプンプンする。さぼらずにきちんと仕事をしている証拠だ。証言内容も信頼していい」

怪訝《けげん》そうな目で華岡を見つめる女性に、達郎は愛想よく笑いかけた。

「亡くなった彼女、池端瑠奈《いけはたるな》さんはどんな方でした？　犯人に心当たりは？」

清掃員の女性は少し考える素振りを見せてから、首を横に振った。

「池端さんとは、ちょっとおしゃべりする程度だし、そんなに親しかったわけじゃないのよね。でも、誰かに恨まれるような人じゃないわ」

達郎は清掃員の女性に礼を言って、華岡とともに再び特別室へ戻った。

「嗅がせてもらうぞ」

華岡が警察官と鑑識をかき分けて、「彼女」の匂いを吸い込んだ。いつもどおり、鑑識の連中は疎ましそうな目つきで華岡を見ている。華岡は目を開けた。

「彼女だ。あのボールペンの女性に間違いない」

「てことは、あれは予告状ってことになる。本当に心当たりないのか？」

「ない。今日が初対面だ」

そのまま、彼女の死体は運ばれていった。

引き上げようと部屋のドアを出かけて、達郎はそっと室内に戻った。達郎は不謹慎と思いつつも、今日を逃したら一生入れないだろう特別室からの景色を目に焼き付けようと席に座った。一般客のいる席よりもだいぶ高い位置から、レーン全体を見渡せる。

「これがＶＩＰの眺めか。おい、あんたも見れば？　こんな機会ないぞ」

達郎が華岡を呼んだのと、華岡のスマホが鳴ったのは同時だった。華岡はスマホの着信画面を見たまま、出ようかどうか迷っているように見えた。

「非通知だ」

華岡は電話に出て、しばらく黙って電話相手の話に耳を傾けている。その華岡の顔がほんのわずかだが、強《こわ》ばったように達郎には見えた。華岡が耳にスマホを当てたまま、達郎に視線を送る。華岡はスマホをスピーカーに切り替えた。特別室に華岡の電話相手の声が響いた。

「彼女が死んだのは、お前のせいだ。もっと早く見つけてやれば助かったかもしれないのに」

　機械で声を変えているが、男の声に間違いなかった。

「ちゃんと教えてやっただろう？　彼女のことも場所も伝えたのに、間に合わなかったな。まあいい、次の招待状はすでに送った。次は間に合うといいな」

　そこで通話は切れた。達郎はいったいなにが起こっているのかすぐには理解できなかった。華岡は座席を一つ一つ調べ始めた。

「あんたも探すの手伝え。今の聞いてたろ？」

「あ、ああ。えっと、どういうこと？」

「そこ、どけ」

　華岡は座っていた達郎を引っ張って立たせると、背もたれの隙間に埋もれていた封筒を見つけた。

「これ、あんたのところに届いたのと同じじゃん」

　華岡は封筒を開けて、カードを引っ張り出した。あのバースデーカードと同じものだった。達郎はカードの文面を読み上げる。

「彼はすぐ近くにいる」

　先ほどと同じで不自然に角ばった文字だった。華岡はカードの匂いを嗅いだが、すぐに「ダメだ」と言うように首を振った。

「今度は彼を救えってことか……。これも匂いがないのか？」

達郎は何か手がかりがないかと、自分が座っていた座席を丹念に見た。すると、ひじ掛けの下のわずかな隙間に、ボールペンが刺さっているのを見つけた。それを華岡に差し出すと、華岡は匂いを吸い込んだ。

「……五十代男性、白髪、オイルガソリン、バーベキュー、それと、プランクトン」

華岡が感じ取った匂いを列挙するが、達郎にはそれがどこの誰を示すのかさっぱりわからない。華岡はボールペンをしきりに嗅いでいる。だが、それ以上の匂いは出なかったらしい。

「彼はすぐ近くにいる。すぐ近くって言っても、隣にあるのは湖と……」

達郎はそこまで言ってから、パッと顔を輝かせた。

「わかった！　キャンプ場だ！」

達郎と華岡は、競馬場のすぐ横にあるキャンプ場に来た。キャンプ場には大抵バーベキュー施設も完備されているものだが、ここにもバーベキュー場はあった。バーベキューの季節ではないので閑散としているが、無人ではない。どこかの友人同士の家族連れが季節はずれのバーベキューを楽しんでいる。それを見ながら、達郎と華岡は「彼」を探した。

「あの人じゃないか？」

　達郎の指差す先に、白髪の男がいる。ベンチに座っているが、首はうなだれた状態で、意識がないように見える。寝ているのか、それとも……。不安になった達郎が慌てて駆け寄り、男の肩を叩くと、その男はすぐに目を開けた。達郎はホッと息を吐いた。追いかけてきた華岡が、すかさず男の匂いを嗅いだ。

「違う。彼じゃない。さっきのボールペンからは酒の匂いはしなかった」

　改めて男を見ると、顔が赤い。ベンチの後ろには、発泡酒の缶が転がっていた。昼間から酒とは、ＶＩＰとはまた違う意味でいいご身分だなと達郎は羨ましく思った。

「じゃあ、彼はどこにいるんだ？」

「オイルガソリンとプランクトン、この二つの匂いが一番強かった」

　華岡が、湖のほとりの看板に向かって歩き出す。達郎も後をついていくと、ボート乗り場があった。営業時間内のはずだが、客はおらず、静まり返っている。

「ここだ。オイルガソリンはボートのエンジン。ボートの手入れをしている際に、水中のプランクトンが服や皮膚に付着したんだろう」

華岡の言うとおりだった。

ボート乗り場のすぐ裏手にある小屋の前に、一艘《そう》のボートがあった。その中に「彼」はいた。すでに、息絶えた姿で。


警視庁に戻った達郎と華岡は、謎の予告状を上辺に見せた。

「どうして華岡くんのところに予告状が?」

「なにか恨みでも買ったか、もしくは挑戦状ではないかと……」

そう言ってチラッと華岡を見るが、華岡は何も言わない。じっと考え込んでいるような顔だった。二人目の犠牲者はボート小屋の管理人だった。

その時、華岡のスマホが鳴った。華岡は無言で、着信画面を達郎に見せた。非通知だった。本当は逆探知したいが、まだ何の準備もできていない。仕方なく、達郎は頷いた。

華岡が電話に出て、今回は最初からスピーカーにした。その場にいる全員が、耳を澄ませる。聞こえてきたのは、先ほどと同じ変声機で声を変えた男の声だった。

「なぜ私を止めない?」

「……お前は誰だ?」

「私に殺させたいのか？　だから止めないのか？　それとも止められないのか？」

「俺に何をさせたい？」

「君に活躍の機会を与えてるんじゃないか。最近、あまり活躍を聞かなかったからな。ボートの彼には悪いことをした。てっきり君は間に合うものと思っていたのでね」

達郎は華岡のスマホをひったくって、怒鳴りつけたくなる衝動を何とか抑えた。

「まあいい、挽回《ばんかい》のチャンスをやろう。明日、また連絡する」

男からの電話はそこで切れた。華岡の表情は、いつもと変わりなく見える。だが、特別捜査支援室の空気は明らかに重苦しくなった。

「一人目の女性が絞殺で、二人目の男性は溺死か……。死亡推定時刻は出たのか？」

沈黙を破ったのは上辺だった。上辺の問いに答えたのは鑑識に話を聞きに行って戻ってきたばかりの細井だった。

「女性は今日の午前九時から十時の間。男性は、十一時から十二時の間ではないか、とのことっす」

それを聞いて、達郎は少しだけホッとした。男性の死亡推定時刻のころ、達郎と華岡はちょうど競馬場に着いて現場を見ていた。その時刻にボートの管理人がすでに死んでいたのであれば、彼が死んだのは華岡のせいではない。

「おい、気にすんなよ」

華岡の肩を軽く叩いて、気落ちしないように励ましたつもりだったが、華岡は無表情で答えた。

「当たり前だ。俺のせいじゃない」

その言葉に達郎はムッとした。優しくして損した、と達郎は華岡の背を睨んだ。


夕方、達郎と華岡は宅配業者を訪ねた。

今朝、華岡の家に小包を届けたのは、華岡のマンションを含む周囲三キロを管轄する営業所の配達員だった。営業所は駅から歩いて五分ほどの場所にあり、今日の最終便のトラックが出る時刻が迫っていることもあって、所内は慌ただしい。荷物の持ち込みに駆け込んでくる人もいて、なかなか話を聞くタイミングがつかめないまま、二人で隅に突ったっていた。

「あ、どうも」

いきなり華岡が配達員の男性に声をかけた。配達員のほうも、華岡の顔に見覚えがあるようで、軽く会釈を返してきた。

「今朝、うちに届けてくれた荷物、あれを出した人について知りたいんだ」

華岡の頼みに、配達員は少し困った顔で周囲を見回した。

「いまはちょっと……あと三十分もすれば落ち着くので」

そう言い残した配達員は、きっかり三十分後に戻ってきた。

「お待たせしました。今朝のお荷物のことですが、うちでは名前以上はわかりません」

配送伝票のファイルを見ながら、配達員はお役に立てなくて申し訳ないと詫《わ》びた。

「差出人は、どこから荷物を出したんです？」

達郎の問いに、配達員はパラパラと配送伝票のファイルをまためくった。

「この営業所に、直接持ち込まれたみたいですね。受付時刻は十七時五十五分ですから、今日みたいにバタバタしてる時間帯です。そのお荷物がどうかしたんですか？」

達郎は、差出人の名に心当たりがないことを説明したが、それ以上の情報はなかった。たいした収穫もなく、達郎と華岡は営業所を出た。すでに外は暗く、冷たい風に思わず達郎は首を縮めた。


警視庁に戻ると、上辺が華岡に警護をつけると言い、屈強そうな刑事二人を紹介した。

「犯人は明日も何らかの方法で華岡くんに接触してくるはずだ。電話がかかってきた場合、すぐに逆探知するためにも、彼らをつける」

西村《にしむら》、澤部《さわべ》と名乗った二人の刑事はキビキビした動きで華岡に会釈した。いかにも堅物といった雰囲気の西村と、下がり眉毛で人がよさそうに見える澤部のペアは、華岡のマンションの前で待機しているから、何かあったらすぐに連絡してほしい旨を話すも、華岡の反応は鈍かった。

「念のため、奥さん……失礼、元奥さんと娘さんにも警護をつけるから、連絡してくれ」

上辺の言葉に、素直に華岡は礼を言った。

「他に、誰か近しい人で警護をつけるべき人がいれば言ってくれ」

「……いえ、いません」

達郎は華岡の顔をわざとまじまじと見た。達郎が何を言いたいのか察したらしい華岡はフンと鼻を鳴らして、出て行ってしまった。華岡を追って廊下に出ると、ちょうどトイレに入るのが見えた。

用を足している華岡の隣に並んで、達郎もズボンのチャックを下げた。しばらく無言で用を足したあと、達郎は口を開いた。

「警護つけなくていいのか？　由紀先生に」

「必要ない。……近しい者ではないからな」

「デートに行ったんだろ？　まあ、杞憂に終わるかもしれんが、念のためつけてもらえよ」

達郎を無視して、華岡はトイレを出て行ってしまった。

トイレの外で、華岡はスマホで由紀に電話をかけたが、すぐに留守電に切り替わってしまう。達郎には言わなかったが、ここ三週間ずっと連絡がない。返信もこない。

「なにか怒らせたのか……」

華岡はため息をついて、電話を切った。

その足で、華岡は由紀の勤める聖ジェームズ病院に向かった。受付ロビーの掲示板には、各科の担当医が表示されている。

華岡は、耳鼻科の担当医を確認するが、由紀の名前はなかった。

いつもであれば、いるはずの曜日にもいない。受付の事務員に由紀のことを尋ねると、

「三日前からお休みされてるそうです」との返事だった。

翌朝、達郎のもとに華岡から電話が入った。

「また小包が届いた」

それだけ言って、華岡はさっさと電話を切ってしまった。

達郎が華岡の部屋に行くと、小包がテーブルの上にのせられていた。昨日届いたものと、まったく同じ包装紙とリボンでラッピングしてある。しかし、よく見ると、すでに一度開封されていた。

「匂いはしたのか？」

「……俺の鼻は絶好調だ」

「しなかったんだな。でも、なぜ匂いがしない？」

「この世にあるものすべてに匂いはある。無臭なんてことはありえない」

華岡は達郎に今日届いたボールペンとカードを差し出す。同じメーカーのボールペンと、同じバースデーカード、同じく不自然に角ばった文字。達郎は、そのメッセージを読んだ。

「彼女を救え、か。ボールペンの匂いはもう嗅いだんだろ？」

「三十代の女性、非喫煙者、プロピレングリコール、モノクロラミンだ」

「……すまん、最後の二つは？　何言ってるか全然わからなかった」

「もっと化学の勉強をしたらどうだ？」

「すみませんね、馬鹿で。馬鹿な私に説明して頂けませんかね、華岡さん」

「プロピレングリコールは、保湿性や防カビ性に優れる無色・無味・無臭の油状液体だ。主に、化粧品工場や大型の冷凍施設で使われる。次に、モノクロラミンだが、これは次亜塩素酸ナトリウムとアンモニアが反応することによってクロラミンがうまれる」

達郎は華岡の説明を遮った。これ以上聞いても時間の無駄だからもっと簡潔に言ってほしいと頼むと、またしても華岡は鼻で笑う。

「大型冷凍施設と強力な消臭剤、この二つの成分から考えるに、おそらくスケート場だ」

「スケート場？」

「モノクロラミンの匂いは、塩素系の消臭剤と汗が結合してできたものだ」

「消臭剤と汗？　それがなんでスケート場になるんだ？」

「スケート場で遊ぶとき、靴はどうする？」

「レンタルする……あ、そういうことか」

「スケート靴のなかは、汗が染み込んでる。レンタルで靴を使いまわす際、消臭剤は欠かせない。この汗と消臭剤が反応し、モノクロラミンの匂いがしたんだ」

華岡は続けて、ボールペンの匂いを嗅いだ。

「それからシンビジウムに、デンドロビウム。一種類じゃない。複数の洋ランの匂いがする」

「ランが咲いてるスケートリンクを探せばいいのか？　あるか、そんなの？」

達郎が早速スマホで、該当する施設を探し始める。スケートリンクを検索していた達郎は声を上げた。

「あったぞ、ここだ！」

スケートリンクのある施設はそう多くない。達郎が探し当てたのは、スケートリンクを備えた大型ショッピング施設「イーストモール」だった。駅前からは離れていて、車で訪れる家族客をターゲットにした郊外型の商業施設だった。スケートリンクだけだったら他にもあったが、達郎がここだと思った決め手は、開催中のイベントに「冬のラン展」があったからだ。

達郎が腕時計を見ると、九時五十分を過ぎたところだった。開店時間の十時まで、まだ少し時間がある。スケートリンクがオープンするのも、イーストモールの開店時間と同じ十時だった。すでに、このイーストモールの駐車場には、覆面パトカーと私服警察官が客のふりをして待機している。達郎と華岡も、開店を待つ客たちとは別に、従業員入口から先に店内に入り、スケートリンクの受付が見下ろせる二階のベンチに陣取った。

店内は一階から三階まで、すべてのフロアの中央部分が吹き抜けになっていて、上の階から下のフロアがよく見えた。

休憩用のベンチに腰を下ろし、開店時間を待った。すでに、店内には何人かの私服警察官がいる。開店までもう三分といったところで、すぐ近くのカフェから珈琲のいい匂いが漂ってきた。シナモンロールが焼きあがった匂いもする。達郎は吸い寄せられるようにカフェに向かい、コーヒーとシナモンロールを二つずつ買って戻ってきた。

「ちょっとフライングして買っちゃったけど、犯人が来る前に食べちゃおうぜ。あんた、ブラックでいいんだっけ?」

達郎からカップとシナモンロールを受け取り、華岡と達郎が同時に一口食べたところで、入口から客たちがどっと押し寄せてきた。達郎の耳に装着した無線から、店内の各エリアにいる刑事たちが次々に「異状なし」と報告を伝えてきた。達郎も急いでシナモンロールを頬ばりながら、スーツの襟裏に仕込んだ無線マイクに向かって、小声で状況を話した。

「こちら……二階ベンチ。スケートリンクの受付にはまだ怪しい人物はおりません」

達郎は珈琲でシナモンロールを流し込むと、改めて一階にあるスケートリンクの受付を監視し始めた。華岡は、まだのんきに食べている。スケートリンクは一面ガラス張りで、なかで滑っている人間が見えるようになっている。オープンしてから、最初の客がやってきた。小学生くらいの女の子と父親で、特に怪しい素振りはない。

「ここに『彼女』が来るんだよな？　従業員に該当する女性はいなかったし、そうなると、客としてスケートをしに来るんだろうが……」

達郎がカフェとは反対側に目を向けると、そこは催事コーナーで、「冬のラン展」が開かれている。開店直後で、まだこのラン展には客は来ていなかった。

聞き慣れた着信音が聞こえてきた。達郎が振り向くと、ジャケットのポケットからスマホを出し、華岡は達郎に目で合図した。達郎は、無線マイクで店内にいる刑事たちに犯人から電話がかかってきたことを告げる。

「犯人は現在、通話中の人間だ。電話している者がいたら、マークしろ」

達郎のイヤホンに、駐車場に止めた警察車両にいる友梨から返事が来た。

「逆探知、準備完了。電話に出ても大丈夫です」

達郎は、華岡に電話に出るよう目くばせした。華岡が通話ボタンを押し、スピーカーに切り替える。音量を最小限にしたが、隣にいる達郎には十分聞こえる大きさだ。

「そこのシナモンロールは絶品だ。ぜひおすすめしようと思っていたが、その必要はなかったようだね」

達郎はギョッとした。華岡は食べかけのシナモンロールをかじった。

「……確かにうまい。あんたもこっちに来て、一緒にどうだ？」

華岡の誘いに、電話越しで男が小さく笑った。

「せっかくだけど、またにするよ」

「プロピレングリコールは化粧品工場や美容施設、冷凍設備で多く使用される薬品だ。そして、ランの匂い。スケートリンクの隣の催事場ではラン展。俺はちゃんと場所を当てたぞ」

電話の相手は少しだけ沈黙したあと、とつぜん笑いだした。

その笑い声を聞いた瞬間、達郎は背筋がすぅーっと寒くなるのを感じた。場所は合っているはずでは？　達郎は思わず華岡の顔を見た。さすがの華岡も、いつもより顔色が悪い気がする。

「顔色が悪いな。もしかして今気づいたのか？　場所が違うよ。どうも、やる気がないらしいな。あんたのやる気次第で、ひとりの女の命は左右される。それがわかってないようだね」

華岡が思わずシナモンロールを握り潰した。まるですぐそばで見ているかのように、電話越しの男は笑った。

「もったいない。せっかくのシナモンロールなのに」

「どこだ？　どこにいる？」

「その答えはすでにお前には教えてある。彼女が死ぬのはお前のせいだ」

そこで電話は切れてしまった。

「逆探知はできたか？」

「いえ、特定する前に通話が終わりました」

友梨が冷静な声で絶望的な答えを寄越してきた。

「通話中の怪しい奴はいないか？」

しかし、刑事たちから返ってくる答えは「いない」というものばかりだった。とにかく、狙われている「彼女」を探さなければいけない。そう思った瞬間、女性の甲高い悲鳴が達郎の耳に突き刺さった。華岡と一緒に、悲鳴がしたほうへと駆け出す。

フロアの中心部からは少し離れた、非常階段に続くドアの脇に、下着姿の男が倒れている。男の横には、大きな鞄が落ちていた。鞄には、「東洋メンテナンス」の社名ロゴが入っている。施設メンテナンスに来た作業員らしかった。口にはガムテープが貼られているが、意識はある。達郎はゆっくりとガムテープを剝がしてやった。

「大丈夫か？　誰にやられた？」

達郎は焦る気持ちを抑えて、優しく聞いた。

「いきなり後ろから殴られて……」

後ろから殴られて気を失っているあいだに、作業服を奪われたようだ。犯人はその制服を着ていったらしい。

「これから、どこに行くつもりだったの？」

「三階にあるエステサロンです。酸素カプセルが壊れたから修理してほしいって連絡が入って……」

達郎は思わず華岡の顔を見た。華岡は呆然とした目で、達郎を見つめ返した。無線マイクに向かって達郎は叫んだ。

「三階のエステサロンだ！　犯人は作業服を着た男。急げ！」

華岡も三階に向かって走っていく。達郎は倒れた男を別の刑事に託すと、華岡を追って、エステサロンへと向かった。

三階のフロアの端に、エステサロンはあった。達郎が無線で呼びかけたから、すでにそこには大勢の刑事たちがいる。刑事たちに混ざって、一際背の高い華岡が立ち尽くしている。その華岡の顔を見て、達郎は唇を噛んだ。間に合わなかったのだ。達郎は、エステサロンの奥に設置された酸素カプセルのなかで、女性が死んでいるのを見た。その死体のすぐそばに、小包が置いてある。見覚えのあるチョコレート色の包装紙に赤いリボン。

　達郎は強く拳を握り締めた。そうしないと、叫び出してしまいそうだった。リボンを解き、包装紙の中からこれまた見慣れた小箱が出てきた。箱を開けると、カードが入っている。達郎は急いでカードを開いた。目に飛び込んできたのは、今までとは違うメッセージだった。「彼女を殺したのは、お前だ」その文字を達郎は目で追った。いつものように読み上げることはしなかった。達郎のすぐ後ろに来て、カードに記されたメッセージを華岡も読んだ。そのまま一言も発さずに、華岡はサロンから出ていく。達郎はカードを封筒にしまいながら、心のなかで「ふざけるな」と叫んでいた。

「ふざけるな！　俺が絶対にお前を捕まえる！」

　達郎は自分の心の声が出てしまったのかと思ったが、その声はどう聞いても華岡の声だった。

「これ以上お前の好きにはさせない！　絶対に殺させないからな！」

　達郎がサロンから出ると、華岡が拡声器を手に叫んでいた。客たちは、怖いものでも見るような目つきで、華岡を遠巻きに見ている。華岡の後ろでは、クマの着ぐるみがオロオロしながら、華岡から拡声器を取り返そうとしている。

「いいな、絶対に俺が捕まえる！」

達郎はなおも叫び続けようとする華岡から拡声器を奪った。

「落ち着け！　わかったから！」

華岡はそれでも、大声で叫び続けた。クマの着ぐるみに拡声器を返しながら、達郎は華岡の絶叫を聞いていた。

「華岡！　もうやめろ！」

達郎の必死の制止に、華岡はようやく叫ぶのをやめた。

落ち着かせようと華岡の肩に手を置いた達郎を振り払い、華岡は絞り出すような声でつぶやいた。

「絶対、許さない」

達郎はそんな華岡を見つめるしかなかった。

# 第五章

イーストモールから警視庁に戻る道中も、ずっと華岡は無言だった。達郎は運転しながら、何度か助手席の華岡の様子を窺《うかが》うが、もうさっきの激情は影を潜めていた。さっきから達郎が何を話しかけても、返事はない。ショッピングモールで全部話す言葉を出し切ってしまい、もう何も言うことが残っていないのかもしれない。ひとりで話すのもむなしいので、達郎は話しかけるのをやめた。カーラジオをつけると、「名曲カフェ」という名のクラシック音楽番組が始まったところだった。日頃はクラシックなんて聞かないが、いまは自分と華岡のあいだの沈黙を埋める何かが必要だった。達郎はそのままクラシックをながし続ける。車内に、名も知らぬ交響曲がじわじわと充満していき、二人のあいだの沈黙を埋めた。そのまましばらく走り続け、警視庁まで、あと五分というところまで来た。五〇メートルほど先にみえる信号が黄色から赤に変わったとき、不意に華岡が口を開いた。

「捜査から降りたい」

達郎はブレーキを踏んだ。いつもより、少しだけ荒い踏み方だった。ガックンと二人の体が前に揺れ、車は止まった。

「被害者のいる場所を間違えたのは俺の責任だ」

達郎は黙ったまま、ラジオから流れてくる交響曲を聞いていた。ちょうど、第二楽章に入り、徐々に盛り上がってきたところだ。目の前の横断歩道を手をつないだカップルが渡っていく。反対側の信号が点滅し、達郎はハンドルを握り直した。

「もう、俺は自分の鼻が信じられない」

信号が青に変わった瞬間、達郎はアクセルを思い切り踏んだ。その時、ラジオから流れる交響曲もついに最高潮を迎えた。激しいシンバルの音と打楽器の音がラジオから飛び出してきた。達郎は前を向いたまま叫んだ。

「さっきのは嘘か⁉　絶対に犯人を捕まえるってのは嘘なのかよ⁉　なに今さら弱気なこと言ってんだ、馬鹿！」

いきなり怒鳴り始めた達郎に、華岡は呆気《あっけ》にとられたような顔をした。

「あんたの鼻は間違えないいんだろう⁉　このまま尻尾《しっぽ》巻いて逃げるなら、俺はあんたを許さないからな！　絶対に許さないぞ！」

華岡は黙ったままだった。達郎は怒りにまかせてハンドルを切る。

「いつもはムカつくぐらい自信満々のくせに！　自分の鼻が信じられない？　あんたはそんな柄《がら》じゃないんだよ！　ちょっと頭冷やせ！」

急ブレーキで車が止まった。助手席の華岡を蹴落とすような勢いで車から降ろすと、達郎の車はそのまま猛スピードで去っていった。


車から降ろされた華岡は、その足で聖ジェームズ病院へ向かった。

由紀に会いたいと思ったからだ。

自分のミスで女性が死んだ。このままひとりで家に帰りたくないと華岡は思った。そんなとき、由紀の顔が浮かんだ。

耳鼻科の診察室に入ると、由紀が笑顔で待っていた。笑顔だったが、作り笑いだと華岡にはすぐわかった。由紀の本当の笑顔はこんな笑顔ではない。もっときれいで目を離せないくらい魅力的なのに、いま目の前で笑っている由紀からは目をそらしたかった。

「お久しぶりです」

久しぶりという言葉に、華岡はいろんな気持ちをこめた。なぜ返信してくれなかったのか、自分になにか怒っているのか。由紀も華岡のそんな言外の問いかけに、正確に答えてくれた。華岡が求めていた以上の、答えだった。

「華岡さん、もうお会いするのはやめましょう」

やはり、会いに来なければよかったと華岡は後悔した。会いたくて、居ても立ってもいられずに来てしまったが、それは間違いだった。最悪の気分のときに、これ以上はやめてくれ、と華岡は泣きたくなった。華岡は思わず、由紀の手を握った。

「以前、好きになるのに理由はいらないと言いましたよね？　でも、別れるのにはそれぞれ理由があるとも言ってました」

「ええ、覚えています」

「会うのをやめる理由は何です？　それを教えてください」

由紀は寂しそうに笑うだけで何も言わなかった。

「理由を、言ってください」

「私、夫がいるんです」

華岡は嘘だと思った。今まで、由紀から特定の男の匂いがしたことはない。一緒に暮らしている相手がいれば、華岡には匂いでわかる。

「嘘です」

「いいえ、本当です」

そう言って、由紀は白衣のポケットから指輪を出した。華岡が初めて見る指輪だった。

「嗅いでみますか?」

由紀が差し出した指輪を、華岡は払いのけた。嗅ぎたくないと思った。嗅いだら、わかってしまう。本当のことがわかってしまう。華岡は、その場から逃げ出した。


ショッピングモールでの殺人事件から二日後の朝、警視庁にある特別捜査支援室のデスクで、達郎はじっとスマホを見ていた。正確には、朝一番で華岡に送ったメッセージの返信を待っていた。「これを見たら、すぐに警視庁まで来てくれ」というメッセージを送ったが、いまだに華岡から返信はない。

「まさか、本気で捜査から降りる気じゃないだろうな、あいつ……」

達郎は一昨日の華岡の言葉を思い出して、またフツフツと怒りが湧いてきた。その時、待ち望んだ華岡からの返信がきた。急いでメッセージを開くと、「今すぐ、うちに来い」と、達郎の呼び出しに対して、華岡はまさかの逆呼び出しをしてきた。スマホを持つ手がふるふると震えだした達郎を、友梨と細井は心配そうな目で見つめる。

「舐《な》めたマネしやがって……! 今行くから首洗って待ってろ!」

何事かと目を丸くしている上辺や細井を置いて、達郎は部屋を飛び出していった。

華岡は満面の笑みで達郎を出迎えた。不自然なくらい、明るい笑顔だと達郎は不審に思った。一昨日の弱気な華岡はすでに跡形もなく消えているようにみえる。達郎は安心したような、でも、何かがおかしいと感じながら部屋に入った。複雑な気持ちでソファにどかっと腰を下ろした。

「わざわざ呼び出しやがって！　その手に持っているのはなんだ？」

「これか？　これは魔法を解く鍵だ」

華岡は手にしたスプレーを得意げに差し出した。達郎は、ムカムカしながらも黙っていた。

「それで、頼んだものは持ってきてくれたか？」

「こっちが呼んでるのに、逆に呼びつけやがって。ほら」

達郎は文句を言いながら、カードと封筒を差し出した。これまで、華岡に届いた犯人からの予告状の数々だった。警察で検証したが、特に犯人を特定する手がかりは見つからなかった。警察で保管していたのを、急に持って来いと華岡から今朝頼まれたのだ。

華岡は達郎からカードと封筒を受け取り、スプレーでシュッシュッと何かの液体を吹きかけた。カードをそのまま鼻先にくっつけた。大きく匂いを吸い込むのを見て、達郎は驚いた。

「匂い、しないんじゃないのか?」

「リシノール酸亜鉛が邪魔していたんだ」

「な、なに? 何が邪魔してるって?」

華岡は目を閉じて、じっと匂いを嗅ぎとっている。やがて目を開け、ニヤッと笑った。

「やっぱりな」

「説明してくれ。そのスプレーはなんだ?」

「いいか、この世にあるすべてのものは、必ず匂いを発している。無臭なんてありえない。だが、匂いを覆い隠す方法ならある。それがリシノール酸亜鉛だ」

達郎は首をかしげた。得意げな顔で華岡は話しているが、何を言っているのか達郎にはいまいち理解できなかった。

「化学に疎いあんたのために、わかりやすく言ってやる。あのカードには、見えないラップがされてたんだ」

「ラップ? ……そうか、匂いに蓋がされてたってことだな?」

「そういうことだ。リシノール酸亜鉛が吹きかけられ、カードについた匂いを覆い隠していたんだ」

「そのスプレーが、ラップを取るための魔法の鍵っていうことか」

スプレーの中身はプロパノールの一種だと華岡は言った。これを吹きかけることによって、リシノール酸亜鉛が溶け、覆い隠されていた本来の匂いが蘇るのだという。

「一般家庭用のプリンターだな。安物のインクだ。時間が経ってしまったから、匂いがだいぶ揮発してしまっているな……」

華岡は残念そうな顔でカードをテーブルに置いた。

「だが、次に犯人から予告状が届いても大丈夫だ。もうこれでリシノール酸亜鉛をはぎ取れる」

自信満々な顔で、華岡はキッチンへと入っていった。しばらくして、二つのグラスにお茶を入れて戻ってきた。達郎は驚いた。華岡が自分にお茶を出すなんて、付き合い始めてからもうずいぶん経つが、華岡がこんな気を使った行動をしたのは初めてだった。

「さっきいれたアイスティーだ。うまいぞ」

そう言って、達郎にグラスを差し出した。達郎は呆然としながら受け取った。

「華岡、熱でもあるのか？」

「ないよ。絶好調だ」

嘘だと達郎は思った。やはり、なにか様子がおかしい。

「犯人め、これで次は俺の勝ちだ」

そう言って笑う華岡を、達郎は黙って見つめていた。それから、鞄から小包を出して、華岡に差し出した。

「それは、なんだ？」

「今朝、うちの部署宛てに届いた」

達郎が出勤すると、警視庁の特別捜査支援室宛てに、いつもと同じ包装紙に包まれた小包が届いた。開けると、これまたいつもと同じボールペンとカードが入っていた。

華岡は、今日届いたばかりのカードにスプレーを吹きかけた。

「三十代男性、肉体労働者……。プリンターとインクは前のと一緒だ、だめだ、それしかわからない」

「ボールペンはどうだ？」

華岡は目をつぶり、大きく匂いを吸い込んだ。しばらくして華岡は口を開いた。

「新体操、もしくはバレエをしている少女だ。年齢は十歳前後。どこかの教室で、すぐ近くに材木所か製材所がある。それと……針葉樹の匂いがする」

達郎は急いで、華岡の言ったすべてに該当する場所を警視庁から持ってきたノートパソコンで検索する。条件に合った施設は二つ出てきた。

「一つは、神奈川にある体操教室だ。この教室の裏山に針葉樹の林がある。ただ、材木所はない。もう一つは千葉だ。バレエ教室で、これは近所に製材所がある。ただ、針葉樹の森や林はない。すべてを満たす場所は関東にはない。可能性があるのはこの二つだ」

「犯人は我々をおびきだし、なおかつぎりぎりのところでミスリードしようとしている」

「なに？　ミスリード？　匂いでか？」

「これまで、犠牲者に直接には関係のない匂いが一つだけ、故意に混ぜられていたんだ。二人目のボート小屋の管理人はバーベキューの匂い、三人目のエステサロンの女性はランの匂い、これらは関係のない匂いなのに、わざと犯人がボールペンに付け加えた」

「あんたを匂いで惑わすためか？　じゃあ、いまの匂いのなかにも狙われている人物とは関係ない匂いが入っているんだな？　どれだ？」

達郎は可能性のある二つの場所が互いに離れていることが気になった。どちらかが本当のターゲットがいる場所だとして、もし間違えたほうに行った場合、引き返しても間に合わない。両方に捜査員を派遣するしかないが、そんな権限は達郎にはない。

「どっちが正解だ？　神奈川か千葉か？」

「待て。いまから嗅ぎなおす」

「どれが後から付け加えられた匂いか、わかるのか⁉」

「後から付け加えた匂いは、他の匂いとは定着時間にわずかな差があるはずだ。より新しい匂いが、ダミーの匂いだ」

華岡は目をつぶって、もう一度ボールペンの匂いを嗅いだ。いつもより長い時間、華岡は目をつぶったまま動かなかった。

「針葉樹だ。これだけ、匂いが少しだけ新しい」

「針葉樹がダミーということか！　つまり……ターゲットがいるのは千葉のバレエ教室だ！」

達郎は急いで上辺に、次のターゲットがいる場所を伝えた。上辺は電話の向こうで、華岡の鼻が蘇ったことを喜んでいた。それを伝えると、華岡は憤慨した。

「俺の鼻は間違えない。蘇ったのは匂いであって、鼻じゃない！」

一昨日「俺は自分の鼻が信じられない」とか弱気なこと言ってたのはどこのどいつだ、と内心ツッコミつつ、達郎は車を走らせた。いまは一刻も早く少女を救うことが先決だと、達郎はアクセルを全開に踏んだ。

千葉の郊外にあるバレエ教室に行くと、今日は県が所有する大きな体育館で練習をしていると教室の事務員から聞き、慌てて県の体育館へ向かった。

上辺が上層部に依頼し、警察のなかでもトップクラスの機動力を持つSITが体育館を包囲している。達郎と華岡は防弾チョッキを着て、体育館のなかへと入っていった。

体育館では、五歳から二十歳前くらいまでの女性、ざっと三十人が練習に励んでいた。華岡の言う十歳前後の少女はその半分、十五人くらいいる。

「時間との勝負だ。華岡、頼むぞ」

訳がわからないといった顔で並んで立っている少女たち一人ひとりの匂いを華岡は嗅いでまわる。

「このおじさんキモーい！」

正直な気持ちを叫んだ少女に、思わず達郎は吹き出してしまった。確かに、少女の首筋や背中に鼻を寄せ、フンフン言いながら嗅いでいる中年オヤジは最高にキモいだろうな、と達郎は少女たちに同情した。

「悪いね、お嬢ちゃんたち。でも、とっても大事なことなんだ。ちょっとだけ我慢してくれるかい？」

達郎は最大限の優しい声で少女たちに笑いかけた。

「このおじさんもキモいね」

「笑顔がこわーい」

口々に達郎の笑顔に容赦ないダメだしをしていく少女たちに、今度は華岡が吹き出した。そして、十一人目の少女の匂いを嗅いだ瞬間、華岡が叫んだ。

「この子だ！」

ついに見つけた、と達郎は思わずガッツポーズした。ターゲットにされた少女は、八歳の女の子だった。達郎は女の子を抱き上げた。

「怪我したのかい？」

達郎は、少女の腕の付け根に青い痣《あざ》があるのを見つけた。

「……練習でぶつけたの」

少女は小さな声で答えた。達郎はそうかそうか、と少女の頭を撫でた。

「将来はバレリーナかな？」

この少女を助けられてよかった。その安堵感で達郎の胸はいっぱいだった。

ターゲットの少女を保護し、体育館内にも怪しい人物がいないことを確認し、ＳＩＴの包囲も解かれた。ようやく間に合った、達郎と華岡は初めて犯人に勝ったと思った。

少女たちの親に警察から連絡をし、親たちが続々と我が子を迎えに体育館にやってきた。ターゲットとなった八歳の少女の母親は、一番最後に現れた。髪をゆるく一つに束ね、どこか眠そうな目をした母親だった。カーキ色のスカートに、グレーのジャンパーを羽織った母親は、達郎の事情説明に一言も口を挟まずに黙って聞いていた。達郎の話が終わると、母親は軽く会釈し、娘の手を取って引き寄せた。その引き寄せ方が強引で、達郎は内心驚いた。結局、少女の母親は娘が狙われたことに対する疑問も、憤りも表さぬまま帰っていった。母親に手を引かれて歩いていく少女が、達郎を振り返った。達郎はバイバイと手を振った。母に手を引かれながら、少女はいつまでも達郎を見ていた。

細井が達郎と華岡を見つけて、駆け寄ってくる。

「犯人からの新しいカードが更衣室から見つかりました！」

そう言って細井は、カードを差し出した。カードには「僕を見つけて」と書かれていた。華岡がカードにスプレーを吹きかけ、匂いをいっぱいに吸い込んだ。華岡はハッと目を開けた。

「あの配達員だ。俺の家に最初に小包を届けた……」

華岡が悔しそうな声で呟いた。達郎も、華岡と数日前に出向いた営業所で出会った青年の顔が浮かんだ。華岡が今日届いたボールペンに、スプレーを吹きかけ、もう一度匂いを嗅ぐ。

「そうか。犯人がどうやって被害者全員が使ったボールペンを手に入れたのかと不思議に思ってたが、荷物を届けた際に伝票の受け取りのサインをするだろ？　犯人は自分のペンを差し出して犠牲者にサインをさせ、それを持ち帰ったんだ」

営業所に電話すると、華岡の家に小包を届けた配達員の名前は瀬川武《せがわたけし》、三十二歳とわかった。営業所の所長によると、昨日から無断欠勤しているという。逮捕令状を取りたいが、匂いしか証拠がない状況では無理だった。家宅捜索令状も取れない。達郎はとりあえず営業所に行くことにした。

営業所の所長に達郎は事情を説明し、瀬川のロッカーを見せてもらうことになった。瀬川のロッカーに鍵はかかっておらず、中も空っぽだった。扉の内側に、鍵がセロハンテープで貼り付けられている。華岡は鍵の匂いを嗅ぎ、「これは幸運の鍵だな」と笑った。

隅田川がかすかに見える高台に、瀬川の住むアパートがあった。

木造二階建ての築年数はどう見ても四十年以上はあろうかという古びたアパートだっ

た。二階の一番奥に、ほとんど消えかかったマジックで、「瀬川」と書かれた小さな表札がかけられていた。瀬川自身がロッカーの扉に貼り付けていた鍵を使って、達郎と華岡は瀬川の自宅へ足を踏み入れた。

瀬川の部屋は、アパートの外観に違《たが》わず、相当年季が入っていた。壁紙はところどころ剝がれ落ち、畳は剝げていた。六畳の和室の奥にある曇りガラスの戸を開けた達郎は絶句した。後から入ってきた華岡も、部屋の壁に貼られた自分の写真を見つけて黙り込んだ。

「俺のファンなのか？　あの配達員」

「いや違うだろう。むしろその逆だな」

写真のなかの華岡の目はくり抜かれていた。空洞になった華岡の目が、部屋のなかを無表情で見つめている。気持ち悪いな、と達郎はつぶやいた。

華岡は、片っ端から部屋中のものにスプレーをふきかけている。

「やはり、瀬川はリシノール酸亜鉛で匂いを覆い隠していたんだ。ほら、これを見ろ」

部屋の隅にあった薬品の入った瓶を手に取って、達郎に渡した。瓶には、「リシノール酸亜鉛」とラベルが貼られている。

「匂いを隠せても、俺の鼻は誤魔化せない！」

　華岡がテンション高く、部屋中の本や服、家具の匂いを嗅ぎ回っているのを見て、達郎は不安になった。やはり、いつもの華岡ではない。いつもはもっと不機嫌そうにしているし、人にお茶を振る舞うような人間ではない。このテンションの高さも、わざとそうしているように達郎には感じられた。

「でもよ、なんでこのリシノール酸亜鉛が匂いを覆ってるってわかったんだ？」

「カードの切れ端を持って帰って、ラボで詳しく調べたんだよ。いろいろな薬品に浸したり、炙《あぶ》ったりしてたら、かすかにリシノール酸亜鉛の匂いがしたんだ。隠されていただけで、匂いは最初からそこにあったんだ」

　得意げな顔で話す華岡を見て、達郎はもうひとつの疑問をぶつけた。

「なあ、華岡。由紀先生とうまくいってないのか？」

　あちこち匂いを嗅ぎ回っていた華岡が、ぴたりと止まった。

「あんたに話す必要はない」

　感情のこもらない、乾いた声だった。

「喧嘩でもしたか？　あんた、そんな性格だし謝り方とか、仲直りの仕方知らないだろ？」

　達郎は明るく華岡を励ました。

「花かケーキを買ってさ、いきなり訪ねるんだよ。それで、第一声で、ごめん！　って言えば大丈夫だ」

　華岡を見ると、黙ったまま達郎に背を向けていた。あの由紀先生と華岡がどんな大喧嘩をしたのかと、達郎は不謹慎ながら興味がわいた。

「喧嘩の原因はなんなの？　どうせあんたが変なことでも言ったんじゃない？」

　からかいながら話し続ける達郎の耳に、華岡の暗く低い声が届いた。一度では聞き取れず、達郎は聞き直した。

「なに？　何だったら、おすすめのケーキ屋教えてやろうか？」

「俺とあの人は、もう会わない」

「……なんで？」

「好きじゃなかった。俺はあの人を好きじゃない」

　達郎は予想外の言葉に驚いた。

「だって、何回もデートしてただろ？」

「デートしただけだ。付き合ってはいない」

「好きじゃないのに何度もデートしたのか？」

「そうだ」

「俺だって由紀先生のことといいなぁと思ってたのに、横からお前がさっさと持って行きやがったくせに、今さら好きじゃないとか、なに？」

言いながらだんだん達郎は腹が立ってきた。華岡は瀬川の部屋の物にスプレーを吹きかけて、匂いを嗅ぎ続けている。

「聞いているのか？」

「向こうも俺のこと好きじゃなかったんだよ。あ、だからってあんたがいってもダメだぞ。あの人はやめとけ」

しゃがみこんで匂いを嗅いでいる華岡の背中に、思わず達郎は蹴りを入れた。その弾みで華岡が床に転がった。

「なにする？　危ないだろ！」

「お前、それでも男か！　なんだ、振られたのか？　振られてそれを素直に言えなくて、自分は由紀先生のこと好きじゃなかったとか言ってるのか？　情けねえ奴だな！」

華岡は勢いよく立ち上がった。達郎を見下ろしながら、低い声で言った。

「それ以上言うな。てか、あんたなんて最初から相手にされてなかっただろ」

達郎は華岡の頬に、拳を入れた。華岡は倒れなかったが、口の端が少しだけ切れて、血がにじんでいた。

「お前の商売道具の鼻ははずしてやったぞ。ありがたく思え」

「暴行罪だ。いいのか、警察官のくせに」

「殴られて当然の奴を殴らないのも罪だ」

達郎が華岡をにらみ、華岡も達郎を見ていた。

「華岡、嘘ついてるだろ？　由紀先生のこと好きじゃないってのは嘘だ」

「嘘じゃない」

「お前にもリシノール酸亜鉛がかかってるぞ。本当のことを隠している。自分自身でな」

華岡は黙ったまま、うつむいた。達郎は華岡の手からスプレーを取り上げた。そして、華岡の胸に思いっきりスプレーを吹きかけた。

「この捜査が終わったら、会いに行って来い」

華岡は何も答えなかったが、達郎の手からスプレーを受け取った。そして達郎にスプレーを吹きかけた。

「おかえしだ」

「俺はなにも隠し事なんてない。お前と違ってな」

達郎がそう言って笑った。華岡も少しだけ笑った。

次の瞬間、ここ数日ですっかり聞き慣れた着信音が室内に響いた。華岡は、スマホを達郎に見せた。非通知だが、もうどこの誰がかけているのかわかっている。華岡はスピーカーに切り替えて、電話に出た。

「瀬川、いまどこにいる？」

「僕の家はどう？　気に入ってくれた？」

「趣味は悪くない。わざわざ犯人自ら届けに来てくれていたなんて、ご苦労なことだ」

「届けるのが僕の仕事だからね。ところで、招待状はもう見つけた？　それが最後だ。今度は場所を間違えるなよ。待っててやるから、いま探したら？」

達郎と華岡は部屋中を探すが、雑然としている室内には多くの書籍やＣＤ、薄汚れたパーカーやジャージに混ざって、化学雑誌や薬品の瓶が転がっている。

「薄気味悪い奴だな。おい、これはがすぞ！」

達郎は壁に貼られた華岡の写真を引きはがした。その写真の裏に、達郎と華岡が探し求めていたものがあった。チョコレート色の包装紙と赤いリボンに包まれた小箱を手に取り、達郎は勢いよく包装紙を破った。

「おい瀬川、ワンパターンなんだよ！　いつも同じプレゼントじゃ、こっちも飽きるっつーの！　そんなんじゃ女にモテねえぞ！」

中から出てきたボールペンとカードに、華岡はスプレーを吹きかけ、鼻に当てて思いっきり匂いを吸い込んだ。華岡の手からスプレーが滑り落ち、音を立てて床に転がった。その音に驚いた達郎が振り向くと、華岡がスマホに向かって怒鳴り声を上げるところだった。

「貴様、彼女に指一本触れるな！　何かしてみろ、お前を殺してやる！」

華岡は大声で吐き捨てると、部屋を飛び出していく。何が起きたのかと達郎も慌てて華岡の後を追いかけた。

「華岡！　どこ行くんだ？」

華岡は怒りに満ちた顔で達郎を振り返った。

「聖ジェームズ病院だ！」

「……由紀先生か？」

達郎は、手のなかにあるカードを開いた。神経質そうな文字で「彼女を救え」と書かれていた。

日曜日の今日、聖ジェームズ病院は休診日だった。

達郎と華岡が息を切らしながら入っていくと、外来フロアに瀬川がいた。瀬川の前には、イスに縛られた由紀の姿。思わず瀬川に飛びかかろうとする華岡の腕をつかんで、達郎は引き戻した。

「慌てるな。よく見ろ！」

瀬川がうすら笑いを浮かべながら、手に持っていたナイフをひらひらと見せびらかす。

「残念。こっち来たら刺してやろうと思ってたのに」

由紀の口にはガムテープが貼られ、言葉は発せないが、恐怖に見開かれた目からは涙がとめどなく溢れていた。達郎は銃を抜き、照準を瀬川の額に合わせた。

「瀬川、ナイフを置け。お前が由紀先生を刺す前に、俺がお前を撃つ」

瀬川は笑いながらナイフを由紀の首筋に押し当てた。由紀の首筋から一筋の赤い血が流れる。瀬川はずっと笑みを浮かべていた。やっている行為とは正反対の子どもっぽい笑顔だった。

「僕の仕事は何か知ってるよね？　物を届けるのが仕事だけど、本当はもっと有意義なことをしてるんだ。なんだと思う？　掃除だよ」

達郎も華岡も、黙ったまま瀬川を見ていた。瀬川のナイフは変わらずに由紀の首に当てられている。

「この世にいないほうがいい人間を掃除するのも僕の仕事。一人目の女は、クスリをやってたんだよ。二人目の男は前科者さ。性犯罪の再犯率は高いって知ってるだろ？　彼は危険だ。しかも、未成年相手にヤってたんだから」

　達郎は自分の額から汗が流れるのを感じた。隣にいる華岡は、かろうじて耐えているようだが、今にも飛びかかるんじゃないかと達郎はヒヤヒヤしている。

「三人目の女は、自分の美容には惜しみなく金を払うのに、自分の子どもにはごはんをやらないんだよ。とんだケチ女じゃない？」

「四人目の女の子は？　彼女がどんな犯罪をしたっていうんだ！　まだ八歳だぞ！」

「彼女は、犯罪は犯してない。まだ今はね。でも知ってる？　彼女は親から虐待を受けてるんだ。虐待を受けてる子は、自分が親になったときに自分の子に同じことをする可能性が高い。いわば、危険の芽は先に摘んでおくってところかな」

　眼球の奥が一瞬で熱くなるのを達郎は感じた。怒りで目がくらむ。少女の体にあった青い痣を思い出しながら、達郎は腹が立って仕方なかった。瀬川に対しても、そしてなにも気づかずに英雄気取りで親元に返してきた自分にも。達郎は震える手で銃を構え直した。照準を瀬川の右肩から、額へと変えた。頭を撃つしかない。達郎が引き金にかけた指に力を入れた瞬間、隣にいた華岡が歩き出した。

「華岡！　動くな、じっとしてろ！」

それでも華岡は止まらずに由紀のほうへ歩いていく。華岡は意外にも、静かな声で瀬川に語りかけた。

「掃除が趣味なら、一番大事なものを忘れてる。お前自身を掃除するのは誰だ？　いないんだったら俺がしてやってもいい」

「あんたと、この女を捨てたら僕は自分で自分を始末できる。あんたの手は借りない。まずはこの女からだ」

由紀の首筋にナイフの切っ先がくい込む。

「彼女には何も罪はない。彼女を解放してくれないか？　代わりに、俺を殺《や》ればいい」

由紀が泣きながら激しく首を左右に振る。照準器のなかに、華岡の背中が入っている。達郎は舌打ちした。

「どけ、華岡！」

華岡の背中が盾になって、瀬川が隠れてしまう。

「あんたのその鼻、突然変異かなにか？　遺伝子の異変じゃないかと僕は思ってるんだけど、もしそうならあんたも脅威だよね。高すぎる能力は排除すべきじゃないかな」

「必要な人間かどうか決めるのはお前の役目じゃない。思い上がるな」

「でも、誰もやらないなら、僕がやるしかないじゃない？」

「バカだな。なぜ誰もやらないと思う？　やる必要がないからだ。人間の選別なんてする必要がどこにある？　必要のないことをあえてする奴は、ただのバカだ」

そう言って、華岡は鼻をヒクヒクと鳴らした。照準器のなかの瀬川の顔が、軽く引きつったように達郎には見えた。

「ゴミ掃除をしてやってるんだぜ、僕は。ちょっとは感謝してくれてもいいんじゃないかなぁ」

「一番のゴミはお前だよ、瀬川。お前の部屋、ずいぶん生ゴミ臭いなって思ったけど、臭ってたのは部屋じゃない。お前自身が生ゴミなんだよ」

瀬川の眉間の皺が深くなったのが、照準器越しに達郎にははっきり見えた。華岡の言葉が確実に瀬川の心を揺さぶっているのがわかった。

「今だって、臭ってるぞ？　お前から生ゴミの匂いが……」

「じゃあ、そこで見てろよ。生ゴミに殺されるこの女の最期を……」

瀬川がナイフを振りかざした。その隙に、華岡が由紀の上に覆いかぶさる。その長身で由紀をかばった華岡の背中に向けて、瀬川がナイフを振り下ろす。

「華岡、かがめ！」

叫ぶのと同時に、達郎は引き金を引いた。弾丸はそのまま瀬川の右肩を貫通していった。その衝撃でナイフが床に落ちる。すかさず、倒れた瀬川に馬乗りになった華岡は、ものすごい勢いで殴り始めた。鈍い音がフロアに響き渡る。達郎はまだ殴り続ける華岡の腕をつかんだ。すでに、瀬川は気を失っている。

「もういい。もう大丈夫だ」

「離せ。こいつだけは許さない。あんただって、こいつの頭を撃とうとしてただろ」

なおも殴りかかろうとする華岡の胸ぐらをつかんだ。

「あんたが邪魔で撃てなかった。ムカつくから、今度は俺が邪魔してやる」

華岡を瀬川から引き離して、達郎は華岡の襟首をつかんだまま由紀のほうに向かせた。

「こいつは俺が預かる。……お前は、やることがあるだろ」

達郎はドンと華岡の背中を押した。由紀の泣き顔が華岡の目の前にある。華岡は由紀が痛くないように、由紀の口に貼られたガムテープをゆっくりはがしていった。その間、ずっと由紀は華岡の目を見つめている。由紀とイスをくくりつけていた縄を解き、華岡は由紀を抱きしめた。最初はガラス細工を抱えるようにそっと、だんだんその腕に力がこもり、最後は強く由紀を抱きしめた。華岡に抱きしめられるままだった由紀が、華岡の背に手を回したのを見て、達郎は二人から視線をそらした。

「華岡さん、私の夫は刑務所にいるんです。もう何年も……。黙っていて、ごめんなさい」

華岡は何も言わず、由紀を強く抱きしめた。

病院の外で、何台ものサイレンの音が近づいてくるのが聞こえる。達郎は瀬川の右肩の銃創の上に、自分のスーツを押し当てた。もうこのスーツは着れないな、と思いながらも少しも惜しくない、清々しい気持ちが達郎のなかにはあった。

「治ったんだな、射撃の腕前」

その声に振り向くと、華岡がニッと笑った。華岡に言われて、達郎は初めてそのことに気がついた。

「今なら、次のオリンピック狙えるんじゃないか？」

達郎は照準器のなかで、瀬川の前に立った華岡の背中を思い出していた。

「……さっきの、わざとか？」

自分があそこに立てば、瀬川を撃てないことを華岡はわかっていたはずだ。華岡はフンと鼻を鳴らした。

「俺がぶん殴る前に、あんたに撃たれちゃ困るからな」

華岡の答えに達郎は笑った。次の瞬間、パトカーから降りてきた大勢の刑事たちがこちらに走ってくるのが見えた。

「行くか」

「あ、そうだ」

華岡がニヤニヤしながら達郎を振り返った。

「あんた瀬川を撃ったとき、おならしただろ？　肝心な場面で腹くだすのだけは治らないんだなぁ」

「う、うるさい！　由紀さんの前でいらんこと言うな！」

「知ってます？　この人、前にも大事な場面で屁《へ》こいたんですよ」

嬉しそうに由紀に話し続ける華岡の背中を、達郎は後ろから思い切り殴った。

この作品は集英社文庫のために書き下ろされました。

ウクライナのドラマFilm. UA「The Sniffer」を原作とした NHKドラマ「スニッファー　嗅覚捜査官」（脚本／林宏司・山岡潤平、エグゼクティブプロデューサー／Ash Nukui・Hans Canosa・John Baca・Yan Fisher Romanavski）を基にしました。

集英社文庫

小説《しょうせつ》　スニッファー　嗅覚捜査官《きゅうかくそうさかん》

2016年10月25日　第1刷　　定価はカバーに表示してあります。

著　者　青塚美穂《あおつかみほ》

発行者　村田登志江

発行所　株式会社 集英社
東京都千代田区一ツ橋2-5-10　〒101-8050
電話　【編集部】03-3230-6095
【読者係】03-3230-6080
【販売部】03-3230-6393（書店専用）

印　刷　大日本印刷株式会社

製　本　大日本印刷株式会社

フォーマットデザイン　アリヤマデザインストア　　マークデザイン　居山浩二


ISBN978-4-08-745508-3 C0193